KB274929

ONE. FINE. DAY. IN.

도하

One fine day in 프라하

지은이 문선희
펴낸이 안용백
펴낸곳 넥서스BOOKS

초판 1쇄 인쇄 2008년 11월 15일
초판 1쇄 발행 2008년 11월 20일

출판신고 2001년 6월 28일 제311-2002-000003호
121-840 서울시 마포구 서교동 394-2
Tel (02)330-5500 Fax (02)330-5555
ISBN 978-89-5797-355-4 03810

가격은 뒤표지에 있습니다.
잘못 만들어진 책은 구입한 곳에서 바꾸어 드립니다.

www.nexusbook.com

프라하

문선희 글·사진

넥서스BOOKS

이 책이
프라하를 꿈꾸게 하거나 혹은 추억하게 하기를 바랍니다.

.contents"

밤이 가까스로 막을 내리고, 이내 새벽이 열린다.

나는 카를 교와 나란히 부드러운 햇살을 음미한다. 햇살이 오래된 돌다리에 얼룩덜룩 묻어나는 세월의 흔적을 쓰다듬어 주는 모습을 보고 있으니 내 안의 상처들까지 조금씩 아무는 것 같았다. 그렇게 사뭇 진지하게 스스로의 치유에 힘쓰고 있노라면, 제 흥을 모조리 드러내고 일광욕을 즐기던 600살의 카를 교가 고작 서른 해 동안 생긴 네 생채기는 대체 무어냐고 씩 웃어 보이는 것 같다. 그럴 때면 나는 잠시나마 나의 부끄러운 역사들로부터 자유로워지는 것이다.

좌충우돌로 일관된 이십대를 지내며 서른에는 입지하리라 했다. 서른이면 모든 것이 분명해지리라는 헛된 기대는 없었다. 다만 오로지 나 하나의 실루엣만은 뚜렷해지기를 바라며 모든 가능성에 아낌없이 내 자신을 내던졌다. 그러나 10년의 세월이 무색하게, 나는 제자리로 돌아와 버렸다. 예술은 곧 가난이라는 엄마의 절대적 반대에 순종하려 했으나 읽고 쓰는 것보다 즐거운 것을 찾지 못했고, 인색한 재능에도 불구하고 좋아해 마지않던 그림은 사진으로 그 모습을 바꾸었을 뿐이었다.

궁중 요리보다 엄마의 김치찌개가 더 좋은, 신비로움으로 치장한 밤보다 있는 그대로의 모습이 수줍게 드러나는 새벽이 더 좋은 나이, 서른.

살아온 날들이 매양 헛일은 아니라며 다독여 주는 검버섯 핀 카를 교와 함께 하루를 연다.

5년간의 교직 생활을 정리했다.

꼭 움켜쥐었던 주먹을 폈을 뿐이었다. 그것이 '용기'로 불릴까 부끄러운 날들이었다. 친구들은 여전히 나를 '묘묘'라고 불렀지만 아무도 내가 더 이상 글을 쓰지 않는 것에 대해 타박하진 않았다.(묘묘는 시인을 꿈꾸던 학창 시절, 단짝 친구가 지어준 필명이다.) 우리들에게 꿈을 상실해 가는 삶이란 어쩌면 당연한 것이었다.

그러나 나는 무엇을 했던가?

통장을 털어 카메라와 렌즈를 보강하고, 비행기 표를 샀다. 불과 며칠 사이에 결정한 일이었다. 이것 역시 '용기'는 아니었다. 나는 일상에 생긴 균열을 치유할 다른 방법을 알지 못했다.

서른은 꿈을 향해 달리는 열차의 마지막 티켓일지도 모른다는 생각이 들었던 것도 같다. 안타깝게도(?) 누군가 칼을 들이대며 지갑을 빼앗듯 우리의 꿈을 강탈하거나, 혹은 절망적 현실이 직접 메스를 들고 심장 속에 깊이 뿌리박힌 꿈을 끄집어내는 일이란 거의 일어나지 않는다. 우리는 친구의 친구가 만났다는 '닥쳐올 현실적 어려움'이라는 괴물에 지레 겁먹고 꿈을 잊은 양 시치미를 떼고 지낸다.

그 '현실'이라는 녀석의 실존에 대한 검증은 누구의 몫일까? 더 이상 시간을 허비하며 다락방 속의 괴물을 키우고 싶지 않았다. 그뿐이었다.

이제 막, 동이 터 올랐다.

SAZKA
PŘÍJEM SÁZEK
Kodak
FILMS · MEMORY CARDS · CAMERAS
Panasonic
BATTERIES
FOR DIGITAL CAMERA
INTERNET @
Vittel
Coca-Cola
Coca-Cola
INTERNET
DRINKS
SANDWICHES
CAMERAS
GUIDES
POSTCARDS
STAMPS
BATTERIES

흐라드차니 광장을 지나 스트라호프 수도원을 향해 걷는다.

아침인데다가 비가 한두 방울씩 떨어지고 있어서인지 부쩍 사람들이 눈에 띄지 않는다. 카메라를 품에 안고 조금씩 걸음의 속도를 높이는데 앞쪽에 할머니 한 분이 한발 한발 조심스레 오르막길을 오르고 계신다.

그리고 할머니의 그림자가 닿는 곳에만 길이 생기는 것 마냥, 할머니 뒤를 열심히 따르는 강아지 두 마리. 할머니는 이따금씩 좌우로 녀석들을 돌아보며 들릴 듯 말 듯 이야기를 건네곤 한다.

'얼마나 왔을까?'

할머니는 마침 살 것이 생각났는지 강아지들에게 기다리라 당부하며 작은 상점 안으로 들어가신다. 당황한 듯 상점 문 앞을 종종걸음으로 두어 번 서성이는 모습을 보니 따라 들어갈 법도 한데, 기특하게도 녀석들은 이내 멈추어 선 채로, 목을 길게 빼고 상점 안을 퍽 열심히도 들여다본다.

그리고 하나의 줄로 엮은 마리오네트 인형처럼 할머니의 움직임에 박자를 맞추어 고개를 좌우로 움직이는 녀석들.

살랑살랑 흔드는 앙증맞은 꼬리가 간지러워 자꾸 웃음이 나는 아침 산책.

보헤미아 역사상 가장 참혹했던 30년 전쟁, 합스부르크가는 보헤미아의 심장에 구교의 말뚝을 박고, 산타 카사의 주춧돌을 직접 가져와 로레타 성당 내부에 산타 카사를 재현하고, 신교도였던 보헤미안들에게 성지 순례를 강요했다.

성당은 높은 담으로 둘러싸여 있으며, 길게 늘어선 아기 천사들은 성모와 아기 예수를 보호하고 있다.

'대체 누구로부터일까?'

떠오른 태양을 닦아내듯 어둑어둑한 비가 내리니 이런저런 상념들이 고개를 든다. 조금만 더 있으면 7시 정각에 울리는 스물일곱 개의 종이 만들어 내는 하모니를 들을 수 있겠다.

6000여 개의 다이아로 장식된 성체 안치기 따위는 잊어버려도 좋다. 눈을 감고 종소리에 귀를 기울일 때야 비로소 마음 깊은 곳에 울림이 생긴다. 언젠가부터 보이는 것보다 보이지 않는 것에 더 마음을 두고 있다.

〈카핑 베토벤〉이라는 영화를 보았다.

"공기의 떨림은 인간의 영혼에게 이야기하는 신의 숨결이야."

베토벤이 안나에게 건네는 그 한마디가 가슴에 콕 박힌다.

a.m. 06:53_ Yellow

아침 햇살이 침대를 뒤흔드는 바람에 저절로 눈이 떠졌다.

'프라하……'

어제 오후 3시쯤 숙소에 도착했다. 짐을 풀고 샤워를 한 다음 가벼운 차림으로 숙소를 나섰다. 트램이 다니는 큰 길을 따라 무작정 걷는다. 파리를 그리워하던 나에게 분명 프라하도 마음에 들 거라는 막둥이의 목소리가 귓가를 맴돈다. 그 말을 들으면서도 나는 이미 조금쯤은 실망을 하고 있었던 것일까?

우리네 변두리 동네 마냥 조잡한 간판들을 덕지덕지 붙인 중세의 건물들을 보니 오히려 마음이 편안해졌다.

숙소에서 그다지 멀지 않은 곳에 있는 공원을 한 바퀴 돌고, 작은 골목길들을 이리저리 누비다가 조그마한 레스토랑에 들어가 음식을 주문했다. 뚝배기에 호박이 잔뜩 들어간 파스타가 나왔다. 뚝배기는 우리 집에 있는 것과 굉장히 비슷했다. '우리 엄마가 다니시는 상점에서 산 것이 아닐까?' 하는 엉뚱한 생각이 들 지경이었다. 요리는 달짝지근한 호박 맛 이외에 별다른 맛이 나지 않아 밋밋했으나 먹을 만했다. 어쩌면 부산 동아대 앞에서 먹던 라면보다는 덜 생소한 맛이었던 것도 같다.

어둑어둑 해가 지기 시작하는 아홉 시 무렵, 숙소로 돌아와 씻고 곧바로 누워 책을 조금 읽다 이내 잠이 들었다.

그리고 아침이다.

그는 조심스럽게 비탈진 지붕을 내려오더니
뚝딱뚝딱 고치기도 하고 색을 칠하기도 한다.

그는 조심스럽게 비탈진 지붕을 내려오더니
뚝딱뚝딱 고치기도 하고 색을 칠하기도 한다.

팔다리를 길게 내뻗으며 기지개를 켠 다음 자연스럽게 테라스로 나갔다. 바람이 제법 차다. 상쾌함을 강요하는 온도랄까?

양쪽 팔을 감싸며 비행 중인 이름 모를 작은 새들을 바라보는데 옆 건물 지붕의 천창에서 불쑥 사람이 나온다. 군에 간 큰오빠 면회에 갔을 때, 공을 차던 사병들이 입고 있던 운동복과 크게 다르지 않은 차림의 그는 조심스럽게 비탈진 지붕을 내려오더니 뚝딱뚝딱 고치기도 하고 색을 칠하기도 한다. 한참 동안 그의 작은 움직임들을 주의 깊게 살피는데, 그가 힐끗 나를 돌아본다. 나는 가볍게 손을 흔들었다. 그가 웃어 보였을 때, 나는 친숙하게 인사를 건네고 싶은 충동을 느꼈다.

"○○ 씨, 아침부터 수고가 많으세요."

그러나 그의 이름이라는 것이 내 머릿속에 저장되어 있을 리 만무하다. 우리는 처음 본 사이가 아닌가?

진한 기시감.

거울 속에 비친 내 얼굴이 무척 생소하게 느껴지는 어떤 순간처럼, 기시감과 낯섦 사이를 숱하게 오가며 나는 그렇게 프라하와 첫 조우 중이다.

호텔 로레타

로레타 성당 바로 옆

간단한 조식 포함

주차장 없음

프라하 성의 높은 담벼락을 마주 보고 서 있는
얼룩덜룩한 작은 집 담벼락에 주홍글씨처럼 매달린 아이러니.
누군가 침을 뱉듯 써 놓은 '사치'라는 글귀를 보고 있자니
파울로 코엘료의 〈오 자히르〉의 한 대목이 떠올랐다.

"가난뱅이는 댁이요! 당신은 자신의 시간을 마음대로 쓰지도 못하고,
자신이 원하는 대로 할 수도 없고, 자신이 만들지도 않았고
이해하지도 못하는 규칙들을 따라야만 하잖아."

누가 가난한 자인가?
누구의 삶이 사치인가?

a.m. 07:29_ 알폰스 무하

예술과 공예의 차이는 무엇일까? 창작 의도? 추구하는 목표?

그렇다면 루브르에 거대하게 걸린, 나폴레옹의 요청에 의해 그려졌다는 다비드의 〈나폴레옹 1세 대관식〉은 어떤가? 딱 잘라 구분 짓기에는 어딘가 애매한 구석이 있다. 예술은 새로움을 좇는 것이고, 공예는 아름다움을 좇는 것이라고 누군가 말했다.

그런 이야기를 접할 때면 나는 '아르누보'를 떠올린다. 새로운 아름다움을 추구하는 아르누보. 아르누보의 최대 장점이자 최대 약점이 바로 '아름다움'이 아니던가? 사람들은 아르누보의 단명을 지나친 장식성 때문이라고 했다. 어쩌면 맞는 이야기다. 알맹이 없는 형식미란 사람들을 쉽게 현혹시키는 반면 싫증의 속도 또한 빠른 법. 그러나 언제나 예외는 있다.

아르누보의 거장으로 널리 알려진 알폰스 무하.

역사 화가가 되고 싶었지만, 생계 유지를 위해 닥치는 대로 뭐든 그렸던 그. 부잣집 주방 벽을 장식하는 그림부터 초상화 간판에 삽화까지 그리며 생계를 이어 가던 그가 파리에 닿게 되었다. 그리고 우연히 그리게 된 당시 최고의 여배우이던 사라 베르나르의 연극 〈지스몽다〉의 포스터. 그는 그 포스터로 사라 베르나르의 전속 디자이너가 되었고, 풍부한 곡선과 자연적인 소재들을 사용해 사라 베르나르를 매번 최고의 여신으로 만들어 냈다. 여신이 되고 팠던 수많은 파리지앵들은 그에게 초상화를 맡기기 위해

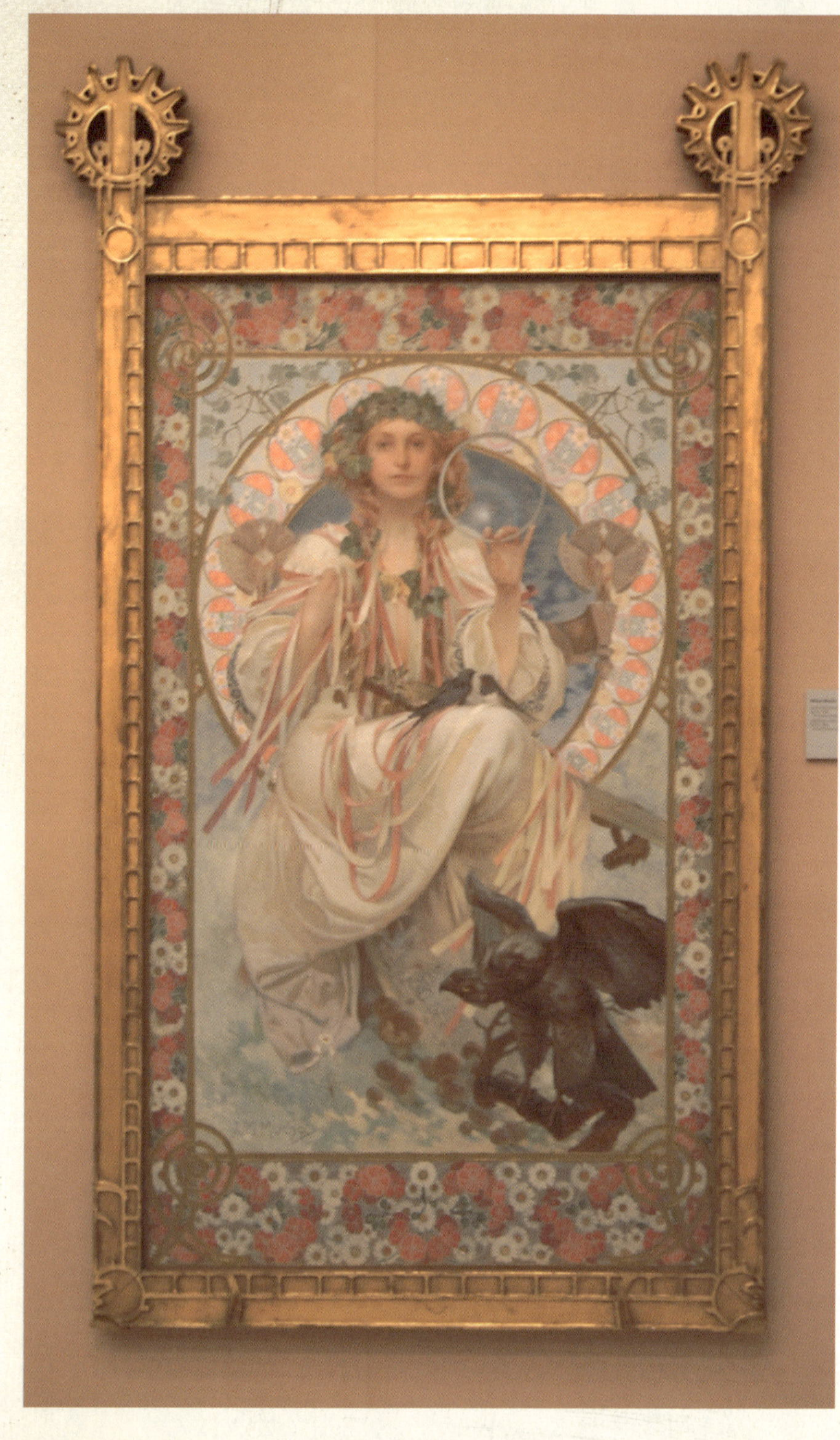

줄을 섰고, 아름다운 여성과 꽃이 주는 긍정적 파급 효과를 인지한 사업가들의 요청으로 그에게 숱한 상품들의 광고 그림 주문이 폭주했다. 성공의 물결을 타고 미국으로 건너간 그는 진정한 후원자를 만나 조국으로 귀향한다. 그리고 비로소 자신이 꿈꾸던 역사화를 그렸다. 〈슬라브 서사시〉라는 대작으로 예술가로서의 입지를 확고히 했으나 그는 여전히 아르누보의 대가로 불린다.

그의 이름이 생경하다는 사람들조차 그의 그림들을 보면 어디선가 본 듯하다는 말을 한다. 그도 그럴 것이 유럽풍의 아름다운 찻잔, 고급 비스킷의 포장지, 우아한 곡선의 액세서리들, 황미나의 만화책이나 각종 온라인 게임 캐릭터들을 대할 때면, 나 역시 정말 아르누보가 단명했을까 하는 생각이 들곤 한다.

그의 작품들은 분명 액자에 넣어 감상할 종류의 것은 아니지만 단순한 장식미 이상의 감흥을 불러일으킨다. 알폰스 무하 스타일의 이 모든 흔적들이 예술 혹은 공예, 그 어떤 이름으로 불리든 아르누보는 역사의 뒤안길로 사라진 것이 아니라 어쩌면 '문화'란 이름으로 우리의 삶 속에 그대로 녹아들어 버린 것은 아닐까?

도시는 서서히 깨어나고 사람들이 하나둘 오간다. 시리도록 푸른 아침이 열리고 있다. 한 화가가 다리 중간쯤에 자리를 펴는 모습이 보인다. 한낮이 되면 자신의 작품을 판매하는 화가들로 다리는 북새통을 이루지만 보헤미안 특유의 느긋함 탓인지 아침부터 나와 자리다툼을 하는 모습은 보기 어렵다. 구태여 이렇게 이른 시간에 자리를 잡을 필요는 없는 일이다.

가까이 가서 그를 관찰해 본다. 그는 여느 화가들처럼 자신이 그린 초상화를 내건다. 역시 자리를 잡는 것인가? 그러나 느지막이 올 다른 화가들과는 달리 그는 앉아서 쉴 의자를 펴지 않는다. 손님이 없는데도 그는 능숙하게 이젤을 세우고 캔버스를 올린다. 그리고 등을 곧추세우고 동이 터오르는 프라하의 지평선을 깊은 눈으로 주시하다가 서서히 스케치를 시작한다. 그의 눈빛과 손끝의 움직임을 보고 있노라니 시공 따위는 잊은, 몰아 혹은 물아의 경지, 바로 그것이다.

화가들보다 사진가들이 더 많은 카를 교다. 풍경 사진에 비해 값이 비싼 풍경화들은 좀체 팔리질 않는다. 풍경화를 그리는 화가들은 변화에 적응해야 했다. 대부분의 화가들은 관광객들의 환심을 사기 위해 초상화를 그린다. 그도 마찬가지다. 100년 전 이 도시에 살았던 카프카도 마찬가지였다. 그는 죽기 몇 달 전까지 계속 보험국 직원으로 일하지 않았던가? 이런저런 꿈을 가지고 8시간 후의 미래에서 흘러든 나도 일상으로 복귀하게

되면 다르지 않을 것이다. 있지도 않은 현실이라는 족쇄를 차고 엄살을
피우는 것이 아니라, 분명 우리 모두는 배고픔을 견디지 못한다. 단지 우
리 중 일부는 배가 불러도, 끝없는 갈증에 시달린다는 점이 다를 뿐.

그는 영혼의 목마름을 채우기 위해 달콤한 아침 잠과 값비싼 물감을 기꺼
이 헌납하고 있다. 생득적 열정만으로 첫걸음을 떼려는 나에게, 능숙하게
자신의 꿈을 지켜 가는 그의 몸짓은 하나의 메시지가 되어 와 닿는다.

 골목길

정작,

보헤미안은 이른 아침 정장 차림으로 바삐 출근을 하고

피가 당긴다며 모여든 이방인은 그저 발길 닿는 대로 떠도는

21세기, 보헤미아의 아침.

 근위병 교대식

프라하 성의 정문 양옆 기둥에는 오스트리아인들로부터 핍박 받고 있는 체코인을 형상화한 거대한 조각상이 올려져 있다. 오늘날 대통령 관저이며 동시에 영빈관으로 사용되는 프라하 성의 정문은 체코의 얼굴임에도 불구하고, 치욕스러운 400년의 역사를 잊지 말자는 의미에서 이를 그대로 보존하고 있다고 한다.

근무 중인 근위병들 곁에 바짝 붙어 기념 촬영을 즐기는 짓궂은 관광객늘 때문이었는지 낮에 몇 번 보았던 교대식은 깃털처럼 가볍기만 하더니, 텅 빈 흐라드차니 광장에서 이렇듯 단 한 사람의 관객이 되어, 무거운 과거를 머리에 얹은 채로 진행되는 근위병 교대식을 지켜보고 있자니 새삼 기나긴 설움의 역사를 지닌 보헤미안의 결연한 의지가 전해 오는 것 같다.

세상의 모든 불행은 단 하나의 이유,
조용히 휴식할 줄 모르는 데서 온다.

- 파스칼

아침 아홉 시, 성당 문이 열린다.
아침 볕이 잔잔하게 성당으로 흘러들고 있다.

성당 입구에 들어설 때면 나는 매번 심호흡을 한 다음, 정성스럽게 성당 구석구석을 살펴본다. 라인이 살아 있는 기다란 기둥과 천장, 양쪽으로 즐비하게 늘어선 채플과 신비로움을 더해 주는 빛의 농담, 그리고 스테인드 글라스. 신비한 기운을 내뿜는 색의 향연, 가슴이 벅차오른다.
이 드라마의 클라이맥스는 성당의 정중앙인 십자로에 서서 '장미의 창'을 돌아보는 그 순간, 마치 베토벤 교향곡 9번, 〈합창〉이 울려 퍼지는 것만 같은 그 순간이다.

성 비트 성당은 왕과 수호 성인을 위한 개인 예배실인 채플 21개가 안쪽 벽을 따라 빙 둘러져 있는데 이 채플들은 저마다 아름다운 스테인드 글라스로 장식되어 있다. 가이드의 지나치게 친절한 설명에 따르자면, 전 세계 관광객들의 입을 다물지 못하게 하는 아름다운 발색의 비결은 100년 안팎이라는 짧은 역사 덕분이라고 한다.
허나, 또 그런들 어쩌하리. 그 신비로운 빛은 잠자는 신앙심을 뒤흔들기에 충분한 것을.

간단히 아침 식사를 마치고,

레몬 글라스 한 잔을 들고 창가에 놓인 식탁 의자에 앉는다.

두 손으로 감싼 찻잔에서 은은한 온기가 전해져 온다.

새하얀 회벽, 나뭇결이 고스란히 살아 있는 기둥,

흰 레이스로 만든 밸런스가 달린 정원으로 나가는 커다란 유리목 문,

푸른빛이 감도는 파스텔 톤의 무광 타일이 가슴 높이까지 발린 주방 벽과

무늬목으로 만든 아일랜드 식탁,

예쁜 찻잔이 놓인 단순하지만 견고해 보이는 나무 장식장과

눈높이에 나란히 걸린 손바닥만 한 사진 액자 세 개.

그리고 창문 하나.

예배당의 종소리가 담겨 있는 풍경.

포근함과 느긋함에 적절히 버무려진 고즈넉한 아침.

헤벌쭉한 표정으로 바라본다.

여긴, 공기가 맛있다.

천 년의 세월이 그대로
고여 있는 프라하에서 가장 오래된 성당.

 황금소로

카프카가 6개월 가량 작업실로 사용했다는 22번지의 파란문.

황금에 집착해 '미친 황금왕'으로 불렸던 루돌프 2세는 연금술사들을 불러들여 마구간과 기마병들의 숙소였던 곳을 개조한 뒤 숙식을 제공해 주며 황금을 제조하게 했다. 결국 황금을 만들어 내지 못한 연금술사들은 모조리 쫓겨났고, 그 후 낮은 천장과 비좁은 공간 때문에 빈민들의 거처로 사용되었으나 이곳은 여전히 '황금소로'로 불렸다.

그때까지만 해도 황금소로는 '운수 좋은 날'이나 '화수분'처럼 아이러니를 내포한 이름이었으나, 지금은 사정이 조금 달라졌다.

오늘날에는 카프카가 6개월 가량 작업실로 사용했다는 22번지, 파란 집에 들어가기 위해 한 해 1억 명의 관광객들이 기꺼이 요금을 지불하며 줄을 지어 입장하고 있으니 이제 명실상부한 황금알을 낳는 거위로서, 이름값을 톡톡히 해내고 있는 셈이다.

카를 4세의 아들 지그문트가 아들을 낳지 못해 그의 딸을 합스부르크가에 시집보내면서 보헤미아는 세습적으로 합스부르크가의 사람들이 왕위를 이어 가게 되었다. 그렇게 해서 합스부르크 가문의 사람 중 보헤미아의 왕이 된 이는 오스트리아에서 프라하로 거처를 옮기게 되었다.

새로운 보헤미아의 왕이 된 합스부르크가의 페르디난트 1세는 그의 아내를 끔찍이 사랑했다. 보헤미아의 왕이 되자 먼저 프라하에 온 그는 아내를 위해 프라하 성 뒤쪽에 아름다운 벨베데르 궁전을 짓고 그녀를 프라하로 불렀는데 안타깝게도 사랑하는 아내 안나는 프라하에 오는 길에 병을 얻어 죽게 되었다. 슬픔에 빠진 왕은 평생을 혼자 살다가 죽음을 맞이하게 되는데, 그는 아들인 막시밀리안 2세에게 아내와 함께 묻어 달라는 유언을 남겼다.

유명한 성당들에 가 보면 대개 성당을 십자가 모양으로 짓고, 십자가 정중앙 위치의 지하에 왕이나 그 나라의 수호성인들의 무덤을 안치한다.(예나 지금이나, 동서양을 막론하고 묘 자리에는 꽤나 신경들을 쓴 모양이다.) 프라하의 성 비트 성당도 예외는 아니었다.

그러나 이 로맨틱한 유언이 이루어지는 일이 그리 수월하진 않았다. 안나 왕비는 귀족 출신이 아니었으므로 왕과 같은 곳에 안치될 수 없었던 것이다. 페르디난트 1세의 유언이 알려지자 보헤미아의 귀족들은 거세게 반발했다.

그러나 효심 깊은 막시밀리안 2세는 아버지의 유언을 따르고 싶었다. 그는 고심 끝에 묘안을 마련했다.

"지하는 안 된다고? 그래? 그럼 1층에 모셔라!"

이 결정에 귀족들은 어안이 벙벙했다. 딱히 반박할 근거를 찾기 어려웠던 것이다. 이런 연유로 프라하 성의 대성당인 성 비트 성당의 정중앙에는 거대한 규모의 아름다운 백색의 대리석 무덤 하나가 로맨틱한 사랑과 효심의 상징으로 떡하니 자리를 차지하게 되었다.

구왕궁의 블라디슬라브 홀.
오색 단청도 좋지만, 화엄사의 절제된 아름다움 또한 좋았듯이
압도적인 프레스코화도 좋지만,
꽃 모양의 수수한 천장 리브 또한 퍽 곱다.

성 비트 성당

미사 때가 아니면, 자리에 앉을 수 없는 성 비트 성당인데 어찌 들어가셨
는지 자리를 잡고 앉아 진지하게 기도를 드리고 계시는 아저씨 한 분, 재
빨리 등장한 성당 경호원은 난색을 표하며 기도 중인 아저씨를 불러댄다.

기도 중에 끌려나오다시피 한 아저씨는 일주일의 하루, 오로지 주일만이
기도가 허락된 대성당이란 설명을 도무지 이해하지 못해 어안이 벙벙한
표정이다.

공산주의의 등쌀이 사라졌나 했더니 이번에는 자본주의의 논리라는 것
에 쫓기니, 신앙이라는 것은 대체 어디에서 꽃피우란 말일까?
영양 결핍을 해소하기 위한 링거액이었던, 자본주의의 과도한 투여로 인
해, 갈 지(之) 자로 걷고 있는 보헤미아의 단면을 보여 주는 쌉싸래한 에
피소드 한 조각.

카프카

우리가 읽은 책이, 우리의 머리에 주먹으로 일격을 가해서 각성을 시켜
주지 못하는 것이라면 우리는 무엇 때문에 책을 읽겠는가? 우리를 괴롭
히는 불행이라든가 자기 자신보다도 더욱 좋아하는 사람의 죽음이라든
가, 아니면 자살이라든가 또는 모든 사람들의 곁을 떠나서 숲속에 버림을
당하는 경우라든가 그것이 우리에게 주는 영향과 같은, 그러한 영향을 주
는 책이 우리에게 필요한 것일세. 한 권의 책, 그것은 우리 내면의 얼어붙
은 바다를 깨는 도끼여야 하네.

-F. 카프카, 〈서간집〉, 1904년 1월 27일-

나는 카프카를 사랑할 수밖에 없었다.

카프카가 열아홉에 쓴 너무나도 유명한 글귀.

"프라하는 나를 자유롭게 놓아주지 않는다. 이 작은 어머니는 맹수의 발톱을 가지고 있다."

그의 이런 노골적인 표현에도 불구하고 그를 만나기 위해 프라하로 떠난다는 것은 어불성설이 아닌가? 게다가 가지만 남은 듯 앙상한 글에 매료된 정서를 가진 문학도가 그가 살던 집, 그가 앉았던 의자, 그가 자주 썼다는 만년필 등을 보면서 몸을 부르르 떨며 감격스러워하는 것은 영 상상하기 어려운 그림이다.

여느 시인, 소설가들처럼 선생님의 칭찬 한마디에 쓰기 시작한 것인지 모르겠다. 혹은 우연히 글쓰기를 통해 카타르시스를 맛보았는지도 모르겠다. 하여간에 나는 만 열 살부터 글을 쓰기 시작했다. 그러나 본의 아니게도 나의 글이라는 것은 언제고 나의 불행을 먹고 자랐다. 기쁨으로 충만할 때는 좀처럼 펜을 들지 않았다. 그것이 나쁜 습관의 시작이었을까? 어느 때고 작위적으로 펜을 들었던 것은 아니니 그것은 선택적인 습관 형성은 아니었을 것이다. 어쨌거나 나는 아프고 힘들 때면 마지막 한 방울의 눈물까지 담아 글을 쓰곤 했다.

거리마다 '카프카'라는 이름이 넘쳐난다. 그가 남긴 낙서조차 머그잔에 그려져 숱하게 팔려 나간다. 프라하는 그가 죽은 후에도, 그를 자유롭게 놓아주지 않는다.

사춘기, 처음 만난 카프카의 건조한 글은 유감스럽게도(?) 나의 글과 꽤 닮은 구석이 있었다. 그러나 장마철의 눅눅한 이불 같던 사춘기도 끝은 있게 마련이다.

카프카는 평생을 문학을 위한 결벽적 삶을 살다가, 마흔에 이르러서야 사랑의 도피를 떠나고, 고작 한 해밖에 살지 못하고 죽음을 맞이한다. 그는 춥고 배고프고 병들었지만 가장 달콤한 시간들을 보낸 후 그동안 써 온 자신의 글들을 모두 소각해 달라는 유언을 남기고 세상을 떠났다. 그러나 그의 절친한 친구 막스 브로트는 그의 글들을 책으로 편찬했다. 덕분에 그의 글이 내가 살던 작은 동네의 새마을금고에도 문고판으로 들어왔고, 나는 그를 만날 수 있었으나, 언제나 이 부분에서 고민해야 했다. 막스 브로트에게 감사해야 하는가?

가당찮게도, 나는 카프카의 심정을 조금은 이해할 수 있었던 것이다.

스물, 거짓말처럼 내 생에 햇살이 쏟아졌다. 햇살이 해묵은 상처들을 소독해 주자 숨 쉬는 것을 어렵게 하던 부조리나 소외, 불안, 고독으로 점철된 내 글들이 곰팡이처럼 느껴졌다.

날카로운 이성과 결벽에 가까운 양심의 요동에 몸을 맡기고 세상 전체와 대치하려는 것은 어리석은 일은 아니다. 그러나 생을 불행으로 점철시키는 것은 분명 어리석은 일이다.

나는 유명한 작가가 되지 않아도 좋았다. 고흐나 카프카처럼 살다 가고 싶진 않았다. 지금 이 순간순간이 즐거우면 그걸로 족한 평범한 사람이었다.

스물, 그 무렵부터 춤을 추기 시작했다. 나는 카프카를 외면했다
카프카 혹은 니체나 사르트르, 까뮈는 망각한 채 살아도 좋았다.
포스트모던조차 이미 오래전 일이 아니던가?
그렇게 십 년이 지났고

서른, 나는 프라하에 가는 것이 두렵고도 설렌다.
옛 친구를 만나러 길을 나선다.
무뎌진 이성의 칼날은 내버려 두고 양지 바른 곳에 나란히 앉아 볕이라도 쬐어볼 셈이다.

VETEŠNICTVÍ
KLOBOUKY
PRÁDLO

바람이 꽤 사납고, 금방이라도 비가 내릴 것만 같은 날에는 얇은 이불을 덮고 누워 책을 읽는다. 그럴 때 포근함에 취해 잠이 들면 좋으련만 스산한 바람소리에 쓸데없이 생각들이 엉켜 머릿속이 시끄러워지곤 한다. 그럴 때면 후다닥 가방을 챙겨 들고 나와 무작정 트램을 타고 종점 여행을 즐긴다.

주요 관광지를 도는 22번, 23번 트램을 시작으로 5번, 9번, 14번, 17번, 기타 등등…….

트램에 올라 칭칭 동여맨 머플러를 느슨하게 풀고 차가운 유리창에 이마를 댄 채로 도시 구석구석을 누빈다. 그럴 때면 '길가에 나가면 이웃이 운영하는 작은 상점들이 옹기종기 모여 있고, 우리 사는 집들이 제각각 개성을 가졌으면 하는 꿈을 꾼다'던 하벨 대통령의 연설 귀퉁이가 떠오른다.

전체주의의 늪에서 빠져나온 프라하의 거리에는 알록달록한 집들과 작은 상점들이 즐비하다. 꿈이 이루어지는 도시라고 생각하니, 커피 한 잔을 손에 든 것처럼 몸이 따뜻해져 온다.

NÁRODNÍ
DIVADLO
17 18 53
hurá!
od 20.00 hod dne 6.7.2007 do 9.00 hod. dne 9.7.2007
přerušen tramvajový provoz v úseku
Národní divadlo – Staroměstská (v obou směrech)
Děkujeme za pochopení

새로 산 인라인을 타고 트램에 오른 여학생들의 시냇물 소리를 닮은 웃음소리, 커다란 셰퍼드 두 마리를 애견처럼 귀여워하며 트램에 올라 다른 손님들을 긴장시킨 내시 수염을 가진 아저씨, 한참을 꾸벅꾸벅 졸더니 결국 정거장을 지나쳤는지 화들짝 놀라 제자리에서 벌떡 일어서 버린 남학생의 당혹해하는 모습, 큰 유모차에 아기와 장을 본 식료품을 가득 담은 아주머니가 내릴 차비를 하자 달려들어 거드는 친절한 미소를 가진 사람들, 까만 비닐봉지를 들고 지팡이에 의지해 트램에 오른 할머니의 경계의 눈초리가, 자리를 양보하자 당황을 지나 다정으로 변해가는 과정 등…….

사람 냄새, 좋다.

유대인 거주 지역 요제포프,
끔찍한 과오를 확인하러 온 독일인 학생들의
진지한 눈빛과 꽉 다문 입술.

책장을 넘기고, 노트에 메모하는
저 손끝에는 어떤 감정이 고여 있을까?

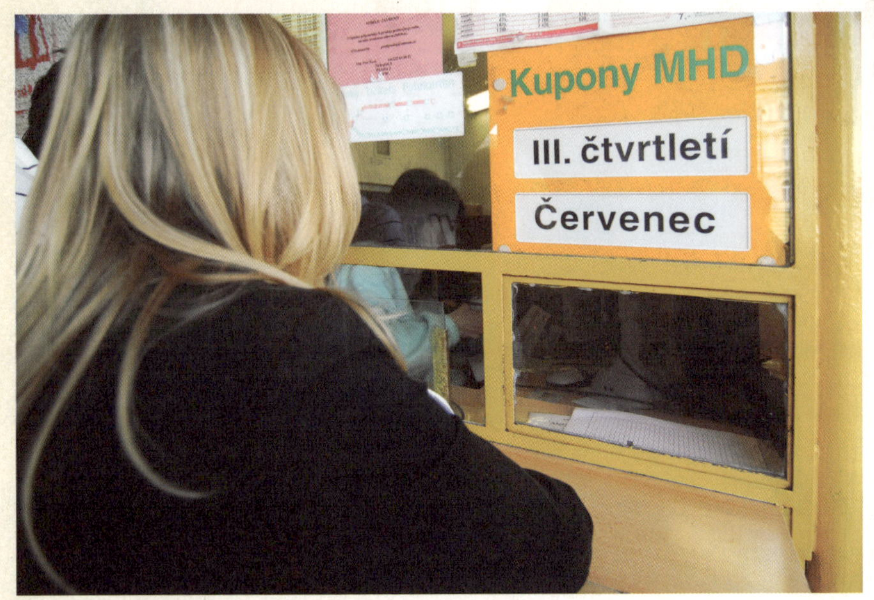

Kupony MHD
III. čtvrtletí
Červenec

요즘같이 관광이 돈이 되는 세상에는 어느 나라를 여행하건 관광지 중심으로만 여행을 한다면 크게 불편하지 않다. 돈을 벌기 위해 가는 것이 아니라 명백히 돈을 쓰러 가는 것이기에, 그 나라 언어를 전혀 못한다고 해도 마찬가지다. 주머니 속의 돈을 원하는 장사꾼들은 지구 반대편에서 온 손님의 눈빛만 보아도 그가 무엇을 원하는지 순식간에 알아차리는 자본주의의 생존 본능을 이미 습득한 지 오래다.

그러나 관광지를 조금이라도 벗어날 작정이라면 조금은 각오를 해 두는 편이 좋다. 그곳이 한해 1억 명의 관광객이 다녀간다는 프라하일지라도.

체코는 구태여 이 나라를 찾는 여행자는 물론이거니와 유럽의 정중앙이라는 지리적 이점 때문에 불가피하게 이 길을 지나가야 하는 사람들에게 통행세를 톡톡히 챙기는 것으로 상당한 규모의 경제적 이득을 취하고 있다. 체코에서는 유레일패스가 통용되지 않아 많은 배낭여행객들은 별도의 체코 국내용 기차표를 사곤 하지만, 실제로 프라하에서 다른 나라의 주요 도시로 이동할 때는 버스를 이용하는 편이 훨씬 비용도 저렴하고, 차편도 다양해 시간 절약에도 꽤 도움이 된다. 이런 알짜 정보를 알고 있는 여행자들이 찾는 곳이 바로 플로렌츠 버스 터미널이다.

나는 프라하에 한 달은 족히 머물 예정이었으므로 프라하 시내의 대중교통을 마음껏 이용할 수 있는 프리패스를 사러 길을 나섰다. 메트로를 타고 숙소에서 세 정거장쯤 가면 플로렌츠 역이 있다. 거기라면 역 내에 매표소나 인포메이션이 있으려니 했다. 그러나 그곳에 도착해 보니 역 내에는 많은 상점들만 즐비할 뿐 매표소는 없었다. 대충 둘러보고 없으면 핵심 관광지인 신시가의 뮤제움 역으로 갔어야 했다. 그랬더라면 표를 사는 일이 한결 수월했으련만 이런 곳에 프리패스를 판매하는 곳이 없을 리가 없다는 공연한 희망을 품은 채로 나는 티켓 판매소를 찾아 헤매기 시작했다.

플로렌츠 역의 6개 출구를 모두 오르내리고, 연이은 사거리가 3개나 있는 로타리를 구석구석 뒤져 천신만고 끝에 가까스로 티켓 판매처를 찾아냈다. 그러나 겨우 찾아 낸 매표소의 줄은 왜 이토록 긴 것일까? 더군다나 줄은 좀체 줄어들지도 않는다. 표를 사는 곳인지 표를 만드는 곳인지 원……. 족히 한 시간은 기다렸으리라. 딱히 바쁜 일이 있는 것은 아니었지만 뜨거운 낮의 기운에 힘입어 스멀스멀 올라오는 오물 냄새에 나는 시계를 수도 없이 보며 내 차례가 오기만을 기다렸다. 내 앞에는 학생으로 보이는 외국인 커플이 재잘재잘 쉼 없이 이야기를 나누고 있다. 연인들에게는 이 긴 기다림의 시간마저 그저 즐거운 모양이다. 드디어 그들의 차례, 외국인 커플은 장기간 프라하에 머물 거라며 준비해 온 여러 가지 서류를 창구 안으로 밀어 넣었다. 맨몸으로 온 나를 상대적으로 덜컥 겁나게 할 정도의 분량이었다. 숙소에서 말해 준 바로는 신분증만 있으면 될 거라고 했는데 무슨 서류가 필요한가 싶어서 귀를 쫑긋 세우고 그들의 대화를 경청한다.

각종 서류를 받아든 매표소 직원은 귀찮다는 듯 많은 종이들을 뒤척이더
니 그중 바코드가 붙은 부분을 치켜들고 바코드 리더기를 들이댄다. 그러
나 둔한 리더기는 그녀의 몇 차례의 시도에도 불구하고 전혀 바코드를 읽
어 내지 못했다.

'저런 고물 기계로 일처리를 하니 그토록 긴 기다림이 있었던 거구나! 여
기서 일하는 그녀도 참 힘들겠다.'라고 생각하는데 이게 웬걸.
그녀는 도무지 표정의 변화도 없이 꼬박 5분이 지나도록 계속 같은 동작

만을 반복하는 것이 아닌가? 더디게 시간은 흘렀고 마침내 그녀의 반복 동작이 행해진 지 10여 분에 다다랐다. 내내 신기할 정도로 포커페이스를 유지하던 그녀는 그제야 콧잔등을 찌푸렸다. 그리고 불쑥 바코드 기계가 아닌 그 서류를 준비해 온 커플을 원망스럽다는 듯 흘겨보더니 이내 사무실 깊숙한 곳으로 사라지는 것이다. 그녀의 뜻밖에 행동에 내 앞의 커플은 머쓱하게 그녀의 뒷모습을 바라보며 뒤통수를 긁적였다. 우리는 그녀가 컴퓨터를 이용해 필요한 자료를 입력하거나 조회하고 오려나 보다 생각하고 잠자코 기다렸다. 그런데 돌아온 그녀는 대뜸 서류 뭉치들을 모두 모으더니 그녀와 우리 사이의 투명한 유리벽 아래에 위치한 선명한 반원의 작은 구멍 밖으로 밀어낸다. 그녀의 영역 밖, 즉 표를 사려는 우리들의 세계로 말이다.

그런 후, 그녀는 흔들림 없는 눈동자로 책상에 누워 있던 작은 메모가 담긴 아크릴 메모 꽂이를 우리 쪽을 향해 세웠다.

'10분간 휴식'

전혀 예상하지 못한 급습이었다.

그녀는 그 조그마한 메모 꽂이가 세상에서 가장 두꺼운 가면이라도 되는 양 자리를 피하지도 않고 여전히 제자리에 앉아 있다. 무신경하게 우리 쪽에서 보이는 자신의 옆 얼굴을 그대로 방치한 채, 아무 일도 없었다는 듯이 시치미를 떼고, 딱히 무엇을 바라보지도 않고 정면의 허공을 멍하니 응시하는 것이다. 말 그대로 휴식을 취하고 있었다.

황당한 상황에 내 앞의 커플은 얼떨떨한 표정으로 헛웃음을 터뜨릴 뿐 무어라 항변조차 하지 못한다. 상황이 어떻게 전개될까 조마조마해하는데 순식간에 새로운 인물의 등장이다. 내 뒤에서 인내심을 가지고 지켜보던 할머니 한 분이 나를 제치고 투명한 유리벽을 두드린 것이다. 자신에게는 표를 팔라는 것이다. 매표소의 아가씨는 시큰둥하게 검지로 세워 둔 메모판을 가리켰으나 할머니는 막무가내로 창구 안쪽으로 돈을 밀어 넣는다. 그러자 종이 인형처럼 앉아 있던 그녀는 뾰로통한 표정을 지어 보이더니 순순히 돈을 받고 표를 내어 주는 것이 아닌가?

'아차!' 싶어 나도 한 달간 사용할 패스를 달라며 그녀에게 애원조로 부탁을 한다. 돌이켜 반추해 봐도 흡족할 만한 순발력이었으나 그녀는 딱 잘라 거절했다. 30일용 패스는 여권을 제시하고 증명서를 작성해야 한다고 알고 갔는데 그녀는 가타부타 설명도 없이 그저 없다고 일축해 버린다. 할머니의 성공 사례에 잔뜩 자극을 받아서였을까? 나는 사정이 급하니 그럼 15일짜리 패스라도 달라고 사정을 해 본다. 그러자 완강하게 입을 다물던 그녀는 하는 수 없다는 듯 어깨를 으쓱하더니 싱거울 정도로 간단하게 표를 꺼내 내민다.

어렵게 얻은 표를 가슴에 품고 돌아오는데, 런던에서 왔다는 여행객 두 명이 독일로 가는 버스를 타는 곳을 묻는다. 플로렌츠 버스 터미널을 찾

'10분간 휴식'
프라하에는 아직도 공급자 우선의 공산주의적 사고가 남아 있다.

Kupony MHD Jízdenky Tickets Fahrkarten
Kupony
Čer
VRÁCENÉ PENÍZE SI IHNED
PŘEPOČÍTEJTE !!!
PROVOZN
PŘESTÁV
10 MINUT

아 한참 헤맨 모양이다. 나도 매표소를 찾아 헤매다가 우연히 터미널의 입구를 발견했기에, 그들에게 쉽게 길 안내를 해 줄 수 있었다. 터미널 입구에 당도하자 작은 상점으로 착각할 법도 한 터미널의 작고 소박한 입구를 바라보며 그들은 허탈하게 웃는다. 그리고 내게 연신 고마움을 표하며, 프라하는 공급자 우선의 공산주의식 사고가 남아 있어서인지 여행하기에는 여간 불편한 도시가 아니라며, 남겨질 나를 안쓰럽게 바라보았다.

'10분간 휴식……, 그것 역시, 공산주의의 잔재였던가?'
반공 이데올로기로 얼룩진 학창 시절을 보낸 터라, 공급자 우선인 공산주의의 산물이라는 것에 반사적 거부감이 들 법도 한데, 나는 이 부분에서 딱히 반감을 갖기는 어려웠다.
오히려 조금 유쾌해졌달까?
작지만 단호한 그 메시지는 그곳에서 일하는 그녀에게는 얼마나 든든한 방패일까? 시대에 뒤떨어지는 낡은 기계들과 씨름하고, 긴 줄을 서서 기다리는 동안 잔뜩 날카로워진 사람들을 상대해야 하는 그녀에게 그것은 일종의 마법일 것이다. 어린 시절 즐겨하던 '얼음' 놀이 같은.
직업 선호도 순위 1, 2위를 다투는 의사나 교사들조차 시장 경제 논리에 의해 환자나 학생들에게조차 피해 의식을 갖는 세상이다. 그녀의 마법, 우리도 나누어 가질 수는 없을까?

일찌감치 프라하 성을 한 바퀴 돌고 내려오는 길이었다.
역으로 가는 내리막길에는 노란색 벽을 따라 멜로디가 출렁거리
고 있었다.
나란히 앉아 벽에 등을 기대었다.
벽에서는 약간의 온기가 느껴졌다.
한 곡을 듣고,
박수 대신 주머니에 있는 돈을 꺼내 조심스레 상자에 넣었다.
그는 머뭇거리며 나를 바라보았다.
슬픈 눈이었다.
그리고 슬픈 눈은 한참 동안 나의 카메라에 머물렀다.
무릎을 감싸고 앉은 내 품 안의 카메라가 유난히도 크고 둔탁해
보였다.
지나치게 긴 정적이 흘렀고,
나는 결국 셔터 소리로 정적을 깼디.

그제야 그는 연주를 시작했고,
그의 슬픈 눈에 베인 듯 가슴 한 구석이 쓰라렸다.

요제포프 내에서만 거주가 허용되었으며, 몸에는 항상 노란 원으로 된 숫자 표시를 달고 다녀야 했다는 유대인들의 고통스러운 삶의 흔적이 묻어나는 예배당, 300여 년간 헤아릴 수조차 없을 정도의 많은 영혼들이 겹겹이 잠들었다는 유대인 묘지의 남루한 비석들, 하루 종일 전 세계 사람들을 기다랗게 줄 세우며 값비싼 입장료를 챙기는 유대인들, 이 모든 게 무겁게 가슴을 짓눌렀다.

픽픽해진 가슴을 진정시키려 천천히 깊은 숨을 끄집어내며, 안팎으로 그저 수수하기만 한, 유럽에서 가장 오래되었다는 시나고그 주변을 몇 바퀴째 돌다가 문득 하늘을 올려다본다.

악행을 피해 구원을 바라는 이들도 인간이고, 악행을 일삼아 구원을 바라는 이들 또한 인간일지언대, 하늘의 동아줄이라는 것조차 스스로 만들어 하늘에 오르고자 하는 가엾은 우리들의 자화상.

모자다.

모자라면 사족을 못 쓰는데다가 파란색을 색의 으뜸으로 여기는 나의 눈에 들어온 파란 모자. 쇼윈도에 진열된 모자에 넋을 잃고 바라보고 있는데 한 꼬마 아가씨가 내 허벅지에 얼굴을 사정없이 박았다. 눈물이 찔끔 나올 만큼 아프다.

아이의 뒤를 따르던 엄마는 쏜살같이 달려와 내게 사과하며 아이를 나무랐다. 아이는 잔뜩 겁먹은 표정을 짓더니 이내 귀여운 눈망울에 눈물이 가득 차올랐다. 그리고 더듬더듬 낯선 이방인에게 진심어린 사과의 말을 건넨다.

아이의 엄마는 내가 괜찮다고 웃어 보여도 무척 걱정되는 표정으로 내 다리를 한참 쳐다보며 거듭 사과를 하더니 아이와 함께 장난을 치며 거리를 활보하던 다른 아이들을 모아 단체로 혼을 낸다. 실로 엄청난 크기의 목소리다.

내가 프라하에 머무는 동안, 아이를 혼내는 풍경을 본 것은 이것이 처음이자 마지막이었다. 아이들을 끔찍이 아끼면서도 타인에게 피해를 주는 것만은 엄격히 가르치는, 알맹이가 꽉 찬 프라하의 자녀 교육.

국립박물관의 거대한 사이즈를 고려해 길 건너편에서 광각 렌즈를 이용해 사진을 찍을 요량이었다. 로터리를 지나는 차들을 교묘히 피해 사진을 찍기 위해서는 미리 구도를 확보해 놓는 것이 좋을 성 싶어 구도를 잡아 언제고 셔터를 누를 수 있도록 포즈를 취하려는데 신호를 받고 가던 차들이 멈추어 선다. 황망한 마음에 카메라를 내리자 그들은 그제야 손을 흔들며 가던 길을 간다.

이번에는 국립박물관 쪽에서 바츨라프의 기마상과 바츨라프 광장을 담아 보려고 길을 건넜다. 그리고 다시금 카메라를 든다. 그러자 이번에도 차가 멈추어 선다. 마치 카메라를 든 사람들을 인식하는 별도의 센서라도 가진 듯하다. 감사의 의미로 살짝 고개를 숙여 보이자 해맑은 미소와 손 인사로 응대하며 차는 다시 제 갈 길을 간다.

처음 프라하에 왔을 때가 떠오른다. 횡단보도를 건너는 데 파란불이 금방 꺼져 버려서 몹시 당황했다. 나도 비교적 걸음이 빠른 편인데, 신호가 바뀌자마자 걷기 시작해도 겨우 맞추어 도착할 정도로 앞뒤 한마디 여유도 없이 타이트한 박자였다. 조금만 늦게 신호를 발견하거나 잠깐 딴 생각을 하면 신호는 여지없이 빨간불로 바뀌어 있었다. 덕분에 처음 며칠간은 횡단보도를 건널 때 무척 주의를 기울였다. 그러나 불편은 단 며칠뿐이었다. 빨간불로 바뀌어도 사람들은 여전히 느긋하게 건너며 차들은 침착하게 기다려 준다는 것을 알게 되었기 때문이다. 뿐만 아니라 한산한 도로

나 밤중에 빨간불이 켜진 횡단보도 앞에 서 있는 보행자들을 발견하면 차들이 자진해서 멈추어 그들이 먼저 지나가도록 배려해 준다는 사실도 알게 되었다.

주행 중인 자동차들을 관심 있게 보면 낡은 차들이 많은데, 개중에는 각 부품들이 각양각색으로 누더기처럼 기워진 차도 있고, 에어컨 대신 선풍기를 달고 다니는 차도 있으며, 카오디오 대신 큰 카세트로 음악을 듣는 차들도 있어 관광객들의 웃음을 자아내곤 한다. 하지만, 보고 간 것이 고물차들뿐이라면 좀 안타깝다.

운전을 잘한다는 것이, 운전 솜씨가 뛰어나다거나 남들보다 빨리 달린다는 것이 아니라 보행자를 얼마나 배려하는지에 의해 결정되는 것이라는 근본적으로 다른 생각의 뿌리, 그것이 프라하의 도로를 채우는 진정한 알맹이이기에.

p.m. 01:06_ 몰다우

엘리슈카

프르제미슬가의 마지막 공주 엘리슈카.

(왜 늘 마지막에는 공주만 남게 되는 것일까? 리부셰, 엘리슈카, 그리고 카를 4세의 손녀딸까지.)

외세의 잦은 침략으로 지칠 대로 지쳐 있는 보헤미아에 전염병까지 나돌았다. 엘리슈카는 보헤미아를 살릴 방안으로, 전쟁광으로 명성이 자자한 룩셈부르크가의 존 왕자를 남편으로 맞이했다. 보헤미아의 왕이 된 존은 특유의 패기로 외세의 침략을 막으면서 동시에 국가의 체계를 바로 잡았다. 그는 무려 30년 동안 끊임없는 전쟁을 치르면서 보헤미아를 지켜 나갔다. 그리고 30년 후, 그녀의 두 번째 남자가 보헤미아의 왕이 되었다. 바로 그녀의 아들 카를 4세였다.

그녀는 아들의 견문을 넓히기 위해 여행 보내기를 마다하지 않았으며, 당시 이름을 떨치던 대학이 있는 프랑스와 이탈리아에 유학을 보내기도 하였다. 그녀는 남편이 힘겹게 보헤미아를 지켜 내는 동안 보헤미아 역사상 가장 위대한 왕을 키워 냈다. 엘리슈카가 남편을 잃은 1346년, 아들 카를 4세는 서른이 되었다. 그녀의 아들은 아버지의 뒤를 이어 보헤미아의 왕이 되었으며, 당시 옛 로마의 영광을 꿈꾸는 나라들의 연맹체인 신성로마제국의 황제로 선출되었다.

카를 4세는 신성로마제국의 수도를 프라하로 이전했다. 도시를 정비하고 물류의 중심지가 될 신시가 광장을 건립해 프라하를 경제 활동의 장으로 만들고, 중부 유럽 최초로 카를 대학을 세웠다. 카를 교 축조와 더불어 왕권의 위상을 드높일 프라하 성의 대부분을 축조하였고, 체코어를 공용어로 사용하게 함으로써 프라하를 진정한 유럽의 심장으로 자리잡게 하였다. 엘리슈카의 아들은, 프라하를 파리나 런던보다 큰 규모의 도시로 만들었다.

그리고 그는 어머니를 위해, 어머니의 땅인 비셰흐라드를 재정비했다. 역사의 뒤안길로 물러날 프르제미슬가의 운명은 현명한 여인 엘리슈카 덕분에 모든 보헤미안들에게 뿌리라는 이름으로 오늘날까지 기억되고 있으며, 비셰흐라드는 여전히 프라하 시민들이 가장 사랑하는 장소로 자리하고 있다.

카를 4세는 비셰흐라드를 재정비하는 과정에서 성 베드로와 바울 성당을 증축하였는데, 그 공사 후 성당 바로 앞 건물에 기도하는 어머니의 모습의 부조를 새겨 넣어 이 모든 영광을 어머니, 엘리슈카에게 돌렸다.

카를 4세의 아들 바츨라프 4세는 전쟁과 사냥을 즐겼는데, 이에 왕비는 독수공방하는 일이 잦았다. 그러던 중 왕비는 신하와 사랑에 빠지게 되는데, 절실한 신자였던 그녀는 양심에 가책을 느껴 성 네포묵 신부님께 고해성사를 하게 된다. 그런데 결혼 생활에는 불성실했으면서도 나름 의처증까지 겸비하고 계시던 왕이 심어 둔 심복이 이 고해성사 내용을 엿듣고 이를 왕께 고자질했다.

다혈질의 왕은 노발대발해 왕비를 불러들였으나 그녀는 하염없이 눈물만 흘릴 뿐이었다. 왕비가 아름다웠다더니 차마 그녀를 벌할 수는 없었을까? 왕은 신부를 불러들여 이미 들은 고해성사 내용을 말하라고 들볶았다. 그러나 오늘날 국제법으로도 보호 받는 고해성사 비밀권을 주장하며 신부는 끝끝내 침묵하였고, 이에 분개한 왕은 잔혹하게도 신부의 혀를 자르고 몸을 돌로 묶어 카를 교에서 몰다우 강으로 내던져 버렸다.

그런데 며칠이 지난 후 네포묵 신부가 던져진 곳에서 머리에 다섯 개의 별이 빛나는 신부의 시신이 떠올랐다. 사람들은 시신을 거두어 성대히 장례를 치렀으며, 신부는 성인으로 추앙 받게 되었다. 후에 카를 교 위에는 청동으로 만들어진 신부의 성상이 자리하게 되었으며, 이에 곁들여 비밀을 지켜 주는 신부에게, 소원을 빌면 이루어진다는 전설까지 생겨 신부는 스타덤에 올랐다.

카를 교를 걷는 사람들은 한 번쯤 길게 늘어선 줄에 동참해 신부님께 소원을 비는데, 가만히 지켜보고 있자니 나라마다, 사람마다 소원을 비는 방법도 각양각색이다. 성상 아래 관련 삽화에서 몰다우에 내던져지고 있는 신부님께 손을 얹고 기도를 하는 것을 시작으로, 신부님이 내던져진 장소라고 표시된 곳의 십자가에 손을 얹고 기도를 하거나, 심지어 신부님의 혈흔이 떨어진 흔적마다 박힌 동전 크기의 금속에 손발을 대고 뛰어내리는 시늉을 하는 사람까지 있다. 또 개를 사랑하는 유럽인들은 성상 아래 관련 삽화 중 왕의 충신이 고자질하는 장면에서 왕 옆에 자리한 개에게 손을 얹고 자신의 개를 위한 소원을 빌기도 한다.

신부님과 관련된 모든 게 청동으로 만들어진 터라 사람들의 소원이 닿은 부분은 온통 황금색으로 반짝이는데, 얼마나 문질렀으면 대관절 이렇듯 찬란한 황금빛이 되었을까 싶어 다소 애틋한 마음이 들었다.

부디, 신부님께서 세계 온갖 언어에 능통하시어, 영험함을 위해 다채로운 포즈까지 겸하며 열심인 이들의 소원을 반드시 이루어 주셨음 좋겠다.

트램을 타고 이곳저곳 다니다가 구시가 가까운 곳에서 내렸다. 구시가 광장을 가로질러 몰다우 강변으로 갈 참이었다. 좁은 골목길을 따라 걷는데 구시가 광장에 다다르자 수많은 인파가 넘실대다 못해 골목 어귀까지 흘러들어 와 있다. 평소보다 훨씬 많은 인파가 모여 있음을 확연히 느낄 수 있었다. 까맣게 잊고 있었는데 일요일이었던 것이다. 나 역시 객인 처지에도 얼마간 머물렀다고 마치 현지인처럼 휴일 밀려든 인파에 한숨이 절로 났다.

천문시계 앞에 서 있는 군중들은 널찍하게 자리를 잡은 카페테라스와 한 덩어리가 되어 도무지 비집고 들어갈 틈이 보이지 않는다. 그러나 이는 이미 짐작하던 바이다. 나는 익숙하게 천문시계 바로 앞쪽으로 방향을 틀었다. 나름의 노하우가 생긴 터다. 옛말에도 등잔 밑이 어둡다고 하지 않았던가! 마치 누가 선이라도 그려 놓은 듯 언제나 천문시계 바로 밑은 텅 비게 마련이다. 가까이에서 보고 싶다고 제아무리 고개를 치켜들고 올려다보아도 2~3층 높이에 걸린 천문시계를 온전히 보기 위해서는 최소한의 거리는 확보해야 하는 법이니까.

그런데 웬걸. 오늘은 여기마저 사람들이 가득하다. 무슨 구경거리라도 났나 싶어 까치발을 하고 보니 막 혼인 서약을 마치고 나온 신랑 신부가 천문시계 바로 밑에서 카메라를 보며 활짝 웃고 있다. 그리고 드레스와 정장 차림으로 관광객과 확연히 구분되는 하객들이 두세 겹 원을 그리며 그들을 에워싸고 있다.(천문시계가 붙은 구시청사 건물은 혼인 서약을 하는 곳으로 쓰이고 있다.)

일요일에는 번잡한 구시가 광장에 나오지를 않은 터라 나 역시 처음 보는 광경이다. 진귀한 볼거리에 나는 하객들의 일렁임에 맞춰 살짝살짝 움직이며 어깨너머로 신랑 신부의 비디오 촬영 광경을 구경한다. 그렇게 구경을 시작한 지 미처 몇 분도 흐르기 전에 내 앞쪽에 서서 신혼부부에게 축하를 보내던 연두색 드레스를 입은 아가씨가 별안간 내게 사과하며 급히 앞자리를 내어 준다. 얼떨결에 고맙다고 인사를 하고 앞쪽으로 밀려 나와 생각해 보니 나의 묵직한 카메라 덕분에 그녀가 나를 서브 촬영 기사로 오해한 모양이었다.

신랑 신부는 어리둥절한 표정으로 천문시계와 자신들을 번갈아 보는 전 세계 관광객들을 감개무량한 표정으로 바라본다. 그들은 연출된 이 무대 위에서 완벽한 주연 배우로서 하객들을 바라보고 있는 것이다. 이윽고 정각이 되고 해골이 종을 울리자 모여든 관광객들은 일시에 숨을 죽였다. 그리고 신랑 신부는 기다렸다는 듯이 키스했다. 18초 후, 두 사람의 키스는 황금 닭의 울음소리에 맞추어 막을 내리고 사람들은 일제히 환호했다. 기막히게 절묘한 타이밍으로 연출한 재치 있는 웨딩 이벤트, 물론 관광객들의 환호야 천문시계의 몫이지만 그런들 어떠하리.

나는 기꺼이 그들에게 진심 어린 축복의 말을 건넨다.
아, 달콤한 동상이몽!

프라하 성을 한 바퀴 돌고, 전망대로 나와 도시 전체를 조망할 때 나는 매번 심호흡을 하곤 했다. 공기를 깊이 들이킬 때마다 도시가 조금씩 내 안으로 빨려 들어오는 것 같은 착각이 들었다.

물리적인 호흡으로 도시를 내면에 각인시킬 수 있다면 사람들은 이 벽을 따라 길게 늘어서서 물고기처럼 열심히 입을 끔뻑일까? 상상만으로도 웃음이 난다. 그게 현실이 된다면 여행을 떠나기 전에 우리들은 더 좋은 카메라나 메모리를 준비하는 대신 복식 호흡을 배우기 위해 학원을 다닐지도 모르겠다. 사람들의 욕심이란 원래 그런 것 아니겠는가?

이런저런 상념에 빠져 도시를 내려다보는 즐거움은 언제고 정체불명의 벽에 시선이 닿으면 비눗방울처럼 사라지고 만다.

성에서 그리 멀지 않는 곳에 시커먼 벽, 눈에 잔뜩 힘을 주고 성벽 너머까지 목을 길게 빼고 아무리 열심히 보아도 정체를 알 수 없는 거대한 벽. 시꺼먼 색두 색이지만 눈으로 보이는 실삼이라는 것이 아무리 보아도 수천 개의 해골이 걸려 있는 듯 기괴한 형상으로 섬뜩하기까지 했다.

그러나 도시 한가운데에 터무니없는 일이 아닌가? 나는 두려움 반 호기심 반으로 그 벽을 찾으러 몇 번이나 근처를 헤맸지만 번번이 실패했다. 그런데, 폴란드에서 왔다고 했던가? 같은 숙소에 묵었던 미술 전공이라던 그 녀석이 떠나는 날, 손수 내 얼굴까지 그려 넣은 편지를 쥐어 주며 그 벽, 자기도 내내 궁금했었다고 꼭 정체를 밝혀내서 자기에게 알려 달라는

당부 아닌 당부를 남기고 프라하를 떠났다. 장기 체류자의 소명이랄까? 그렇게 된 이상, 나는 반드시 그곳을 찾아내야 했다.

말란스트란스카 역을 중심으로 골목골목을 얼마나 누볐을까? 높은 담들 때문에 아무리 열심히 걸어도 도무지 안을 들여다볼 수가 없으니 허무하기도 하고, 곳곳이 대사관들이라 잔뜩 주눅까지 들어서인지 피로도가 급증했다. 어쩌면 이토록 찾지 못하고 헤매는 것은 그 음산한 벽의 마수 때문인 것 같다는 말도 안 되는 생각이 들기도 했다.

그럴 때 스스로를 위로할 수 있는 건 역시, 체리~! 체리 한 봉지를 사들고 지나가는 행인들을 구경하며 체리를 몇 개쯤 입에 넣었을까? 메트로 역으로 들어갈 것만 같던 사람들이 역 입구를 지나 어디론가 사라졌다. 거대한 벽에 삼켜지듯이. 그 많은 사람들이 벽 속으로 사라지니 기분이 이상할 수밖에. 나는 이상한 나라의 엘리스를 삼켜 버린 구멍이라도 발견한 듯 조심스러운 걸음으로 슬며시 따라가 보았다.

가 보니 높은 담벼락에 조그마한 문이 있었다. 사람들의 흐름을 따라 그 문을 통과하자 이게 웬걸? 눈앞에 온통 푸른빛으로 물든 거대하고 정교한 바로크식 정원이 펼쳐졌다.

지나는 관광객에게 물으니 이곳은 발드슈테인의 정원이란다. 얼핏 들은 기억이 있다. 보헤미아의 왕은 언제나 합스부르크 왕가에서 발령을 받아

온 이민족이었기에 체코의 귀족들은 왕에 대한 존경심이나 경외심이 결핍되어 있었다. 하여 그들은 일말의 가책 없이 호시탐탐 왕위 찬탈을 꿈꾸었다. 그들 중 하나가 발드슈테인이었다.

그는 자신을 전쟁의 신 아레스에 비교했다. 실제로 그는 많은 전투를 승리로 이끌어 엄청난 재산과 군사력을 가지고 있었다. 그는 자신의 세를 과시하기 위해 막대한 자산을 들여 엄청난 규모의 바로크 정원을 꾸미고, 공원 둘레를 따라 조각상을 놓고, 트로이 전쟁 장면을 천장에 그려 넣은 화려한 로지아를 세웠다고 했다. 로지아는 각종 공연과 연회를 위해 쓰였고 그는 그런 행사들을 통해 인프라를 구축해 나갔을 터다.

'그의 정원이 여기에 있었구나!'

뜻밖의 수확이라며 정원 이곳저곳을 거니는데 멀리 꽤 낯익은 녀석이 모습을 드러냈다. 내내 찾아 헤매던 그 음산한 벽이 이 정원의 한쪽 벽면을 채우고 있었던 것이다. 첫인상 탓일까? 제법 가까운 곳에 갔는데도 해골들이 잔뜩 걸려 있는 듯 보인다. 물론 해골은 아니었다. 종유석? 분명 종유석 같은데 흘러내린 모양이 밤에 살아 움직이던 괴물들이 햇빛을 보고 잠깐 돌로 굳어져 있는 것 같은 착각을 불러일으킨다. 나는 마치 종유석 구멍들 사이로 녀석들의 눈동자가 움직이는 것 같고 녀석들이 당장이라도 괴성을 지르며 흘러내리는 돌들 사이로 손을 내뻗을 것 같아서 만지기는커녕 가까이 다가서지도 못했다.

지옥의 한 장면 같았다.

가까운 곳에 발드슈테인의 묘비라도 있으면 찾아가서 묻고 싶어졌다.

"대체 이렇게 아름다운 정원에 저 해괴망측한 벽은 다 뭐예요?"

다행히 그가 무덤에서 일어나기 전에 나의 궁금증은 해결되었다.

"유행이었어~!"

"종유석 모양이 너무 끔찍해요."

"신성한 포도송이를 넣어서 만들었는데, 결과물이 저 모양이야!"

독일인 관광객 아저씨의 설명에 따르면 놀랍게도 그 인공 종유석이 당시 고가의 유행 상품이었단다. 건물을 짓고 천장 등에 발라 두면 가습기와 에어컨의 역할을 한다고 알려져 많은 귀족들이 아름다운 자신의 집의 천장 구석에 덕지덕지 인공 종유석을 발랐다고 한다. 좀 사시는 우리의 발드슈테인께서는 아예 거대한 벽 전체를 인공 종유석으로 뒤덮어 정원마저 냉방하고 있다는 사실로써 자신의 부를 널리 알리신 것이란다.

그 설명을 들으니 유행이라며 교복 치마를 질질 끌고 다니던 여고 시절, 엄마의 혀를 차는 소리가 고스란히 내 입에서 흘러나온다.

'제아무리 유행이래도 그렇지, 정말 해골 더미 같기만 한걸?'

과학적인 원리 따윈 접어 두고서라도 으스스해서 한결 시원하긴 했겠지 싶다.

한 번 닿은 눈길을 좀처럼 놓아 주지 않는 기괴한 종유석 벽.

Dear visitors
from June 17, 2007, the permanent exhibition of Czech
Cubism (The Black Madonna House) is closed in view of
technical reasons.
Thank you for your understanding.

서울 한강의 여의도처럼, 프라하 몰다우 강에도 자그마한 섬이 몇 개 있다. 그중 카를 교 아래에서 물레방아를 바라보며 걷다 보면 섬인지도 모르게 닿게 되는 섬이 캄파 섬이다. 길 건너에서도 캄파 미술관이 큼직하게 보이니 찾기도 쉽다. 카를 교의 번잡함을 피해 나는 종종 캄파 섬에 머물렀다. 때로는 잔디밭에, 때로는 몰다우가 내려다보이는 벤치에 앉았다. 그럴 때 나는 엽서를 꺼내 쓰곤 한다. 혼자 하는 여행의 가장 좋은 점은 이런 순도 높은 그리움과 만날 수 있다는 것이 아닐까? 엽서를 쓰는 내내 마음은 이미 사랑하는 사람들에게로 가 있다.

그러다 고갤 들어 보니 온천욕이라도 하는 양 짙은 그늘에 몸을 푸욱 담근 이들이 한눈에 들어온다. 오래된 친구라고 말하며 피식 웃는 그들. 친구인지, 친구 같은 부부인지 정확히 알 수 없었지만 아무래도 상관없었다. 그들은 아무런 말없이 나란히 앉아 몰다우를 바라보는 것만으로도 충분히 행복한 관계였으므로.
뜨겁고 열정적으로 삶을 질주하던 그녀도 재잘재잘 말하는 시간보다 미소로 응답하는 시간이 많아졌고 박장대소하며 그녀의 말을 들어 주고 신랄하게 삶의 부분 부분을 꼬집어댔던 그 역시 그윽한 시선만 남은 사람처럼 군다. 조금 더 적게 말하고 더 많이 웃는다. 그리하여도 더 많이 이해하고 이해 받는다.

무엇이라 부르건 어떠하랴.

그들의 뒷모습을 매양 바라보며 꼬옥꼬옥 힘을 주어 엽서를 마저 쓴다.

카를 교 아래를 지나고 있었다. 다리 위에서는 소음이 조금씩 넘쳐흘렀다. 문득 눈앞에 펼쳐진 카를 교가 거대한 스크린 속 한 장면 같아 보인다. 내가 이곳에 있다는 것이 실감이 나지 않는다. 프라하에 머문 지 보름이 지났는데도 이따금씩 그런 생각이 머리를 드민다.

사암을 쓴데다가 다리를 튼튼하게 짓기 위해 계란을 섞기까지 해서 이처럼 거뭇거뭇해졌다는 카를 교를 손끝으로 쓰다듬어 본다. 손끝에 흙가루가 묻어난다. 내가 믿지 못하는 순간에도 나는 이곳에 있는 것이다. 고개를 뒤로 젖혀 하늘을 올려다본다.

한 배낭여행객이 석상들과 나란히 카를 교에 걸터앉아 있다. 그녀는 마치 자발적으로 석상이 되어 버린 것 같아 보였다.

계단을 따라 올라가 그녀 옆에 선다. 그리고 그녀에게 이 사진을 보여 주자 묻지도 않았는데 그녀가 입을 열었다.

"딱히 목적이 있어서 하는 여행은 아니에요. 싱겁게도 그저 즐겁기 때문에 여행을 해요. 가장 짜릿한 건 지금처럼 가고 싶었던 곳에 머물 때 이따금씩 찾아드는 믿어지지 않는 기분과 믿을 수밖에 없는 장면의 간극을 오갈 때죠. 정말 멋지지 않아요?"

프라하 사람들에게 어머니의 땅으로 불리는 비셰흐라드.

뿌리를 뒤흔드는 외세의 침략이 있을 때면, 사람들은 어머니의 품을 찾듯 이곳을 찾아 민족 의식을 고취시켰다고 한다.

왜 비셰흐라드일까?

게르만 족의 이동의 물결을 타고 온, 서슬라브 족은 6세기경부터 이곳에 자리를 잡게 되었다고 한다. 그들은 각자의 부족을 유지한 채로 9세기까지 사이좋게 지냈으나, 9세기에 이르자 주변국들의 움직임이 심상치 않음을 깨닫게 된다. 그 무렵 유럽에서 여러 부족들이 하나의 단일 국가를 형성하기 시작했는데, 국가라는 이름으로 아우러진 이들의 응집력이 꽤나 강력해서 그 존재 자체만으로도 충분히 위협적이었다.

이러한 국제 정세로 볼 때, 서슬라브 족의 통일 역시 불가피한 상황이었다. 서슬라브 족의 여러 부족 중 가장 거대한 규모의 부족장이었던 공주 리부셰, 그녀는 시대의 변화를 읽을 줄 아는 지혜와 추진력을 가지고 있는 진취적인 여인이었다.

그녀는 기지를 발휘해 부족을 통일시켜 보헤미아 땅에 최초로 국가를 건설하고, 군주제 확립을 위해 과감하게 여성 통치라는 부족의 오랜 관습을 깨고, 프르제미슬이라는 농부를 남편으로 삼아 왕위에 올렸다.

그러나 그 무엇보다 내가 그녀에게 마음이 이끌렸던 것은 그녀에 관한 문

건들을 읽으면서 알게 된 조금은 엉뚱한 구석이 들어나는 에피소드들 때문이었다.

그녀와 남편을 형상화한 이 석상 아래서 갖은 상상력을 발휘해 얄팍한 사실들을 토대로 전개한 인터뷰~!

"왜 이곳, 비셰흐라드였죠?"

"땅이 느낌이 좋아서."

"달랑 그거요?"

"훗, 내 예감은 언제나 정확하거든. 이 땅이라면 자손들 대대로 평안할 것 같다는 기분이 들었어. 좋잖아. 앞에 강도 흐르고, 높은 곳에 위치해서 도시 전체를 내려다보기 좋고, 꽤 가파른 절벽이라 요새로도 나쁘지 않을 것 같아. 물론 프라하에는 이런 위치들이 꽤 있었지. 그중 왜 하필 이곳이었냐고 물으면 답은 늘 하나야. 느낌이 좋았어!"

"아, 네…….^^;;"

"이 도시의 이름을 '프라하'로 지으셨다는데, 어떤 깊은 뜻이 있나요?"

"수도의 이름을 지어야 한다는데, 그렇게 어려운 걸 내가 어떻게 결정하겠어. 그렇지만 또 그렇게 중대한 것을 내가 아닌 누가 결정한단 말이야? 그래서 이렇게 하기로 한 거야."

"어떻게요?"

"아무에게도 알리지 않고, 하인을 시켜 성문 앞을 지키게 했어. 새벽에 가장 먼저 그 문을 통과하는 게 무언지 나에게 알려 달라고 말이야. 새벽에 가장 먼저 그 문을 통과한 건 문지기였대. 그래서 나는 이 도시의 이름을 문지방이라고 지었어.”
“제일 먼저 그 문을 통과한 게 쥐나 토끼였다면 이 도시의 이름은 프라하가 아니라 쥐나 토끼 혹은 치즈나 당근이었을지도 모르겠네요?”
“어머! 그것도 나쁘지 않은걸~?!”

인파의 물결이 가득 차오르면 카를 교 위에는 자신의 작품을 판매하려는
공예가, 화가, 사진가 그리고 음악가들이 넘쳐난다. 특히 음악가들은 각
양각색의 차림이다. 다른 작품들과는 달리 음악은 CD를 보여 주는 것만
으로는 판매를 할 수 없다. 행인들의 발걸음을 붙잡아 멋들어지게 연주를
선보여야만 비로소 자신들의 연주가 담긴 CD를 팔 수 있는 것이다.

520미터의 길이에 10미터의 넓은 폭을 가진 카를 교이지만 연주자들이
유난히 많은 날에는 연주자 간의 간격이 매우 좁다. 그럴 때 독주와 합주
가 맞닿으면 으레 독주는 그림자처럼 제 색을 잃어 버린다. 오늘도 여전
히 인기 몰이를 하고 있는 젊은 밴드 앞에 모여 든 군중을 겨우 비껴 지나
는데 바로 건너편에서 바이올린 독주 중인 아저씨가 눈에 들어온다. 바이
올린 소리는 전혀 들리지 않았지만 행인들의 무심한 발걸음에도 의연히
자신의 연주에 몰입해 있는 아저씨가 호기심을 자극하기에 나는 그 아저
씨 앞에서 발걸음을 멈춘다. 이제 막 연주를 들을 참인데 이태리 아주머
니 여럿이 그대의 지나친 걸음을 되돌려 아저씨 앞으로 몰려들었다. 인지
상정. 묻지 않아도 알 수 있는 마음 씀씀이다.

더 이상 외롭고 쓸쓸한 연주는 아니었다. 모여든 목적이 무엇이었건 어느
새 아저씨의 담백한 연주에 취한 우리였다. 현의 울림은 새처럼 자유로웠
다. 연주가 끝나자 박수 갈채와 함께 이태리 아줌마들의 입을 통해 한 톤
높아 더 경쾌하고 힘이 있는 "브라보!"가 연신 터져 나왔다. 지나는 사람
들마저 발걸음을 멈추고 모여들 지경의 거대한 환호였다. 아저씨는 바이

올린과 활을 들고 고개를 살짝 숙이는 가벼운 인사만 할 뿐 감격의 기색
은 전혀 보이지 않았다. 이에 흥을 돋우려 했는지 혹은 떠나려는 인사였
는지 이태리 아줌마 한 분이 엄지손가락에 잔뜩 힘을 주고 "당신은 최고
에요!"라고 소리쳤다. 그러자 바이올리니스트는 자신의 음반이 담긴 플
레이어를 작동시키더니 익숙한 자세로 팔짱을 끼며 아주머니 쪽을 향해
또박또박 힘주어 대답하는 것이다.

"I know!"

 제법 그럴듯한 응수가 아닌가? 이내 그 앞은 웃음바다가 됐다. 우리 중
유일하게 아저씨만은 웃지 않고 태연한 표정으로 계속 흘러나오는 자신
의 연주를 경청하고 있다. 사진을 찍고 글을 쓰고자 했을 때 매일매일 흰
개미처럼 내 자존심을 갉아먹는 것은 다름 아닌 자격지심이었다. 그런 나
에게 꿈을 향한 항해에서 자부심이란 곧 나침반이자 튼튼한 돛이라고 굳
게 닫힌 그의 입술이 내게 메시지를 전하고 있는 듯하다.

사랑하는 다린에게.

카를 광장에 앉아 있어. 프라하에는 거대한 규모의 공원도 꽤 있지만, 다리가 아플라치면 어디서나 앉아서 쉴 아기자기한 정원들도 넉넉해.
뚜벅이에게 자비로운 도시야.
하지만 유월이 가득 차 가는데도, 날은 제법 차가워! '프라하의 봄'이 막을 내리기가 바쁘게, 프라하에는 다시 겨울이 들이닥칠 것만 같아.
혹시나 해서 가져온 카디건은 물론이고, 옷을 겹겹이 싸 입는 것으로도 모자라 어제는 결국 머플러까지 샀어. 시장에서 산 이리저리 기워진 빈티지 스타일의 가죽 가방과 긴 스트라이프 머플러, 삼각대가 들어 있는 까만색의 기다란 가방을 대충 둘러메고 아무데나 앉아도 무방한 헐렁한 청바지에 본래의 색을 잃어 버린 운동화, 게다가 분명 묶어 두었지만 어느 틈엔가 부스스하게 흘러내리고 있는 긴 머리칼까지, 이 정도 스타일이면 완벽하지?
어딜 가건, 화사하게 다니라는 너의 충고 물론 기억하고 있지만, 여긴 보헤미아니까 한번 봐주라구!

어제는 전망대에 올랐어. 프라하 시가지를 한눈에 내려다보고 있는데 갑자기 비가 쏟아졌어. 그거 아니? 비가 오면 세상이 온통 새하얗게 된다는 거 말이야. 얼굴에 가는 비가 떨어지는 것도 아랑곳 않고 비가 내리는 풍

경을 한참 바라보는데 도시가 새하얀 도화지 위에 파스텔로 막 그려지고 있는 것처럼 보이더라. 그 순간 거짓말처럼 가슴이 두근거렸어. 꼬박 열흘을 머물렀는데 이제야 비로소 첫인사를 나눈 기분이야. 모두가 꿈꾸는 로맨틱한 도시, 프라하와 말이야. 솔직히 이 도시의 어떤 부분에서 로맨틱한 아름다움에 감탄사를 내지르며 손뼉을 치며 팔짝팔짝 뛰어야 할지 몰라 지금껏 다소 난감했거든.
또 비가 내릴 모양이야.

이제는 근처에 아기자기한 카페 위치도 알고, 집에 가는 트램을 탈 수 있는 정류장도 어딘지 알고 있지만, 이 도시에 대해서만큼은 점점 더 모르겠어. 어쩌면 나는 낯선 도시와 타인들 사이를 유영하며 다름 아닌 나 자신을 알아 가는 중인 것 같아.

그저 소탈하고 겁 없는 성격이라고만 생각해 왔는데, 근거 없는 자신감, 까다로운 성격, 그 이면에 얼룩진 숱한 나약함이 내 안에 있더구나.
보헤미아가 나의 이디까지 밝혀 줄까?
이런! 저 먹구름이 울음을 터뜨리기 전에 일어나야겠다.
오빠와 예은이에게도 안부 전해 주렴.

-낮달을 닮은 프라하에서 묘묘가

프라하에는 곳곳에 성당들이 있는데, 이들은 프라하에 넘실거리는 풍부한 건축적 재능에 힘입어 외관은 물론이고 내부 디자인들 또한 다채로운 아름다움을 뽐내고 있다. 그래서 길을 걷다 우연히 발견하게 되는 크고 작은 성당, 어느 곳이건 그 자태만으로도 우리를 실망시키는 법은 없다.

그러나 이 같은 아름다움에도 불구하고 사람들은 흔히들 프라하의 성당에서는 좀처럼 경건한 신앙심을 엿보기 어렵다는 이야기를 하곤 한다. 그도 그럴 것이 성당들은 화려한 내부 사진을 판매하거나 촬영을 위해 입장료 외에 별도의 촬영 요금을 받기 일쑤였고, 울림이 좋은 성당들은 밤에 연주회장으로 쓰기 위해 낮에는 문을 걸어 잠그고 연습실로 사용되거나 결혼식 등의 각종 행사에 대관되어 행사용 성당이라는 이미지가 만연해 있었다. 성당이 이렇게도 많은데 도대체 신앙심들은 다 어디로 사라져 버린 것일까?

종교 전쟁 이후 사라진 듯 보이지만 그 후로 몇 백 년 지속되었던 신 · 구교의 갈등으로 인해 나타난 신앙심의 부재가 초래한 결과일까? 그도 아니면 공산주의 정부가 내건 무신론의 영향인지도 모를 일이다. 어쨌거나 예배당에서 신앙심을 느낄 수 없다면 나처럼 사이비 신앙인이라도 조금은 서글퍼지는 것이 사실이다.
그렇지만 다행스럽게도(?) 프라하의 모든 성당이 그러한 것은 아니다.

프라하에는 아기 예수님의 성상을 모시고 있는 승리의 마리아 가르멜 수도원 성당이 있다. 아기 예수님의 성상에 대해 들어 본 적이 있는가?

스페인의 어느 수도원에서 한 수사가 청소를 하고 있는데 갑자기 어린아이가 나타나서는 난데없이 성모송을 불러달라고 했단다. 수사는 얼떨결에 성모송을 부르는데 '… 태중의 아들 예수 또한 복되시도다'라는 부분을 부를 때 그 아이가 자신이 바로 그 아들이라고 말하고는 이내 사라져 버렸다고 한다.

예수님을 직접 만난 수사는 놀라움에 빠져 있었는데 며칠 후 다시 그 아이가 나타나 자신과 똑같은 밀랍인형을 만들어 달라고 부탁하고는 사라졌다고 한다. 수사는 신앙심을 가지고 열심히 아이의 형상을 만들어 냈고, 인형이 완성되자 아이가 나타나 인형 옆에서 웃어 보였는데 그가 만든 인형과 똑같았다고 한다. 작업에 지나치게 혼신을 힘을 쏟아부었던 것일까? 수사는 인형을 완성하고 며칠 뒤 죽었는데, 수도원장의 꿈에 나타나 이 밀랍상은 보헤미아 지역으로 가게 될 것이며, 그곳에 은총과 평화와 자비가 내릴 것임을 전하였단다. 예언처럼 여러 손을 거쳐 이 아기 예수님은 보헤미아의 승리의 마리아 가르멜 수도원의 성당으로 옮겨졌고, 이 소식이 널리 알려져 수도원에는 수많은 기도자들이 몰려들었고 그로 인해 수도원은 영적으로도 물적으로도 풍요로워졌다고 한다.

어린 시절 나는 작은 시골 동네의 개척 교회에 다녔다. 그 교회의 예배당
은 온돌 구조였다. 나는 예배당에 들어가면 자연스럽게 무릎을 꿇은 채로
기도드렸고, 예배가 시작하면 그 자세 그대로 예배에 참여했다. 그것은
어린 내가 신에게 경의를 표할 수 있는 거의 유일에 가까운 방법이었다.
도시로 이사를 오게 된 후로 예배당에서 무릎을 꿇을 기회는 사라졌다.
어린 나는 의자에 앉아 예배를 드리는 것이 송구스러워 꽤나 오랫동안 마
음이 불편했다.

교회들은 급속도로 서구화되었고, 나는 약국용 의자와 비슷하게 생긴 교
회용 의자에 길들여지게 되었다. 그러자 이번에는 즐비하게 늘어선 의자
들을 외면하고 바닥에 꿇어앉아 기도하는 데 용기가 필요한, 새로운 날들
이 시작되었다. 그렇게 예배당에서 무릎을 꿇고 기도하는 것도, 그런 모
습을 보는 것도 아련히 잊혀져 가고 있었다.

이곳, 승리의 마리아 가르멜 수도원 성당에 들어섰을 때, 나는 가슴이 뭉
클해졌다. 60~70cm쯤 되려나? 왼손에는 십자가가 달린 지구의를 들고,
오른손은 축복을 내리 듯 위로 들고 있고 말 그대로, '하느님의 미소'를 머
금은 아기 예수님의 성상 때문만은 아니었다. 가지런히 줄지어 있는 의자
들을 제쳐 두고, 스스로를 낮추고 겸허하게 꿇어앉아 정성스럽게 기도를
드리는 사람들을 보았던 것이다.

어떠한 절실함이 입식 생활이 뼛속 깊이까지 새겨진 이들을 무릎 꿇게 했을까? 조금쯤은 설레었던가? 나는 기쁜 마음으로 기도에 동참했다. 경건한 마음으로 무릎을 꿇었던 유년의 어느 날처럼.

다리의 수명이 얼마 남지 않았다고 한다.

유네스코는 사람들의 다리 출입을 통제한다면 다리의 재정비 비용을 전액 부담하겠노라고 제안했다.

이에 체코 정부는 '운명이 허락한 그 순간까지 이 다리가 프라하의 동맥으로 제몫을 수행하게 하겠다. 이것은 이 다리를 놓은 카를 4세의 뜻이며, 우리 모두의 염원이다.'라는 거절 의사를 밝혔다고 한다.

낡은 창에 흰 구름이 걸려 있다.
제멋대로 자라던 옛 담쟁이는 벽 그림이 되었고
새로운 담쟁이는 만들어 놓은 기둥을 따라 얌전히 뻗어 나가고 있다.
보헤미아, 추억이 되어 가는 보헤미안.

라디오 소리.
카렐 고트의 은밀한 사랑의 속삼임이 넘실넘실 창밖으로 흘러넘치고
미풍이 새하얀 치맛자락을 연주하는 한적한 골목길.

눈을 감으니 세상은 더욱 빛났던가
콧노래를 부르며 집시 여인이 되어 춤을 춘다.
춤을 춘다.
그냥,
살다 보면 그러고 싶은 날도 있는 법이다.

 기다림

휴대폰을 만지작거린다.

문장을 만들어 본다.

썼다 지웠다를 반복한다.

손가락 안에 뒹굴던 문장은 결국 전송되었다.

뜨거운 숨을 토해 낸다.

시간은 무거운 족쇄라도 단 것처럼 더디게 걷는다.

휴대폰을 만지작거린다.

기다린다.

기다린다.

기다리는 것은 힘이 들지만

분명 그렇지만,

기다리지 않는 시간보다 행복하다.

유신 이후, 민주화나 사회 비판적 노래에 금지곡이라는 딱지가 붙기 시작했다. 지배 체제의 안정적인 존속을 위한 음악의 '심의', '검열' 제도에 대한 웃지 못할 에피소드들을 누구나 한 번쯤은 들어 봤을 것이다.

양희은의 '아침 이슬'은 노랫말 중 '태양은 묘지 위에 붉게 떠오르고'라는 부분으로 인해 금지당했다. 당시의 암울한 시대상을 상징하는 묘지와 저항 의식이 담긴 희망의 상징으로서의 태양 때문이었단다.

당시 기득권의 풍부한 감수성(?)은 그 어떤 은유조차 용납할 수 없을 만큼 예민하게 날이 서 있었던 모양이다. 그런 상황에, 수입된 음악이라고 별다를까?

존 레논, 우리나라에 그의 대표곡으로 알려진 노래란 고작 'Imagine', 'Love', 'Woman' 정도다. 하여 그는 여전히 국내의 많은 사람들에게 부르주아적 휴머니즘을 주장하던 가수로 인식되고 있다.

그러나 그게 그가 음악으로 전하는 메시지의 전부라면, 센트럴 파크에 10만여 추도객이 모이는 일 따위는 결코 일어나지 않았을 것이다.

비틀즈의 멤버였던 존 레논이 암살당한 1980년부터 공산 정권이 붕괴된 1989년까지,
체코 청년들이 비틀즈의 노랫말을 빌어 자유 정신을 표출했던 존 레논 벽.

"그들은 가정에서 당신에게 상처를 주고 학교에서는 당신을 매질한다. 당신이 똑똑하면 증오하고 바보일 땐 무시한다. 그래서 당신은 돌아 버려 그들의 규율을 따르지 않게 되는 것이다. 노동 계급의 영웅이란 될 만한 것이다. …… 그들은 당신을 종교와 섹스와 TV로 중독시킨다. 그런데 당신은 자신이 현명하고 계급이 없으며 자유롭다고 여긴다. 그러나 내가 아는 한 당신은 여전히 형편 없는 농부나 다름 없는 것이다. 노동계급의 영웅이란 될 만한 것이다!" - 〈Working Class Hero〉 -

"우린 여성더러 가정만이 그녀가 있어야 할 곳이라고 말한다. 그리곤 그녀가 친구가 되기엔 너무 세상 물정을 모른다고 한다. 그녀가 하인이 아니면 우리를 사랑하는 것이 아니라고 하는 것이다. 여성은 노예 중의 노예다!" - 〈Woman is the Nigger of the World〉 -

"안젤라, 그들이 당신을 감옥에 집어넣었습니다. 당신의 배우자도 총살했습니다. 정말, 당신은 세계의 무수한 정치적 죄수 중 한 사람입니다. …… 안젤라, 세계가 바뀌는 소리가 들리십니까? 세상은 당신을 주시하고 있습니다. 당신은 곧 세계의 누이 형제늘에게 놀아가세 될 것입니다. 당신은 아직도 민중의 교사입니다!" - 〈Angela〉 -

"죄수를 쏘다니, 43명의 가련한 여인들을. 언론은 죄수에게 책임을 돌리지만 죄수들은 서로 죽이지 않았다. 록펠러가 방아쇠를 당겼지! 그게 사람들이 느끼고 있는 것이다. 모든 죄수를 석방하라!" - ⟨Attica State⟩ -

"민중에게 권력을! 즉각 민중에게 권력을! 우린 혁명을 바란다. 똑바로 두 발을 세워 거리로 나서야 한다. …… 당신이 부리는 사람들이 아무런 대가도 못 받고 노동하고 있다. 그러니 그들이 사실상 가지고 있는 것을 그들이 소유하도록 해 달라. 우리가 전면에 나서 당신들을 끌어내릴 것이다." - ⟨Power To The PeoPle⟩ -

존 레논은 '민중에게 권력을'이라는 운동가에서 '지금 당장 혁명이 필요' 하며 '노동자들이 제 몫을 되찾아야' 하고 '여성이 해방돼야' 한다고 주장했다.

프라하는 공산주의 치하에서도 그의 노래에 맞추어 꿈틀대고 있었던가? 존 레논이 암살당했다. 그리고 몰다우 강변에서 그리 멀지 않은 소지구의 어느 골목에 작은 변화가 생겼다. 문자화된 존 레논의 음악이 골목을 채우기 시작한 것이다. 1980년, 12월의 일이었다.

존 레논은 자신을 선 마르크스주의자라고 불렀다. 존 레논의 노래를 부르던 프라하의 젊은이들은 여전히 인간주의적인 공산주의를 꿈꾸고 있었다. 존 레논이 죽고, 그의 팬들이 잇달아 자살했음에도 불구하고 미국은 레이건의 보수 시대를 맞이하게 되었다. 존 레논이 죽고, 프라하는 여전히 공산주의의 억압에 시달렸으나 공산주의가 붕괴되던 1989년까지 그의 노랫말은 프라하의 젊은이들을 대변해 이 벽을 통해 보헤미아 곳곳으로 메아리쳐 나갔다.

지금의 벽화는 겹겹의 낙서를 보다 못한 정부가 1998년에 다시 칠한 것에 전 세계의 관광객들이 제 나름의 평화의 메시지를 남기는 것이지만, 이 벽의 시작은 보다 뜨거웠으며 진지했고 다소 위험을 삼수한 행위였으며, 하여 더욱더 의미 있는 흔적이었다.

p.m. 03:30_ 비세흐라드 성벽을 거닐다

이틀에 한 번씩, 주기적으로 내리는 비 덕분에 대기가 깨끗하다.
강렬해진 햇살에 도시는 뽀송뽀송하게 소독 중이다.
생기 넘치는 바람이 프라하를 구석구석 쓰다듬고 있다.
거추장스러운 옷가지는 벗어 던지고
풍욕에 동참하고 싶은 충동에 사로잡혔다.
짙은 그늘 어딘가에서 새소리가 들려온다.
청량한 공기를 깊이 들이마실 때마다 조금씩 투명해져 가는 기분이다.

그날이 오면, 이 성벽 앞에
나란히 서서 오늘을 추억하고 싶다.

성큼성큼 걸어와 익숙한 자세로 기대어 선다. 근처의 조그마한 출판사에 다닌다는 그들은 회사에 들어가는 길에 잠깐 바람을 쏘이러 이곳에 왔다고 한다. 애써 웃어 보이지만 뭔가 일이 잘 안 풀리는 듯한 표정이 역력하다. 외근을 했으면서도 구태여 바람을 쏘여야만 한다면 그것은 확 트인 전망이 필요할 정도의 압박이 있었음이리라.

그들은 먼 곳을 바라보며, 업무 중 벽에 부딪히고 넘어지고 깨진 일들을 양파 껍질이라도 뚝뚝 벗겨 내듯 덜어 내는 중이다.

당시에는 목구멍에 종이라도 구겨 넣어진 기분이었을 텐데도 서로의 입을 통해 재해석하다 보면, 이내 신문 구석의 한 줄 만화처럼 여겨지기라도 하는 걸까? 그들은 무언가 뚜렷한 해결이 아니라 현실의 무게를 덜어 주는 농담과 결코 일어나지 않을 유쾌한 상상으로 서로의 짐을 덜어 내주고는 한껏 기분 좋은 표정으로 소리 내어 웃는 것이다.

고시생 생활을 하던 나에게도 종종 찾아와 커피를 내밀던 친구가 있었다. 그는 건조한 일상의 오아시스 같은 존재였다. 가을이 흐물흐물 겨울이 되어 가던 그 시점이었다. 그날 그는 커피가 아니라 작은 케이크를 사 들고 왔다. 피곤한 눈을 가느다랗게 뜨면서도 나는 애써 웃어 보였으리라.

"이게 뭐야?"

난데없는 케이크를 보며 묻는 나에게 그는 태연스럽게 대답했다.

"네 가을! 이번 가을, 아까워할 것 없어. 올해는 정말 짧고 볼품없었거든."

종일 도서관에 박혀 돌처럼 굳어 버린 나의 어깨를 두드리며 그가 말했다. 그렇게 좋아하는 가을을 몇 해째 놓쳐 버린 서운함 때문에 체증이라도 난 것처럼 속이 좋지 않은 날들이었건만, 그의 말 한마디에 나는 정말로 그 해에는 가을이 오지 않았던 것 같은 기분이 들었다.

가을 대신이라는 케이크의 맛은 일품이었다. 언제가 그와 함께 이곳에 올 수 있을까? 그날이 오면, 이 성벽 앞에 나란히 서서 오늘을 추억하고 싶다.

고성의 높은 성벽마다 사랑이 넘쳐난다.

강변을 따라 달리는 17번 트램을 타고 강을 거꾸로 거슬러 올라가다 마음
을 흔드는 곳이 보이면 어디건 내린다.

그리고 강변으로 내려가 강을 따라 흐르듯 걷는다. 아직은 바람이 제법
차다. 옷깃을 여미며 어깨를 잔뜩 움츠리고 걷노라면, 은결 돋우며 반짝
이는 강이 보드랍게 얼굴을 쓰다듬어 준다.

그렇게 강을 따라 내려오다 보면 언제고 같은 자세로 낚시 중인 아저씨를
만날 수 있었다. 대개는 혼자 반짝거리는 몰다우를 낚고 계셨는데 무언가
를 반드시 잡겠다는 열의도, 그렇다고 시간이나 보내겠다는 헐렁함도 없
이 진지하지만 무겁지 않게 던져진 낚싯줄을 매양 같은 표정으로 바라보
고 계신다.

요란한 도시의 흐름이 지척인데도 다른 세상 일인 양 무심히 흐르는 몰다
우와 몰다우를 닮은 아저씨.

뜨거운 햇살을 피해 누군가는 나무 그늘 아래서 잠이 든 평온한 오후였다. 나는 성 치릴과 메토데이 성당 앞 벤치에 앉았다. 흐드러지게 핀 장미가 벤치를 에워쌌다. 뭉게구름이 예쁘게 피었다. 내 건너편 벤치에는 젊은 여자 둘이서 막대 사탕이라도 먹듯 담배를 피우며 즐겁게 수다를 떤다. 조심스럽게 내 옆에 앉은 할머니들은 이따금씩 그들의 애완견들에게 주의를 줘 가며 소곤소곤 이야기를 나눈다. 나는 책 속에 빠져든다.

그런데 할머니들의 귀여운 애완견들이 자꾸만 내 주위를 맴돈다. 녀석들이 나랑 놀고 싶은 모양이다. 녀석들의 그런 행동에 할머니들은 주의를 주는가 싶더니 내가 녀석들을 귀여워하자 전에 없던 환한 미소를 내게 지어 보이신다. 녀석들과 놀아 주던 나는 할머니들이 자리에서 일어나자, 박자를 맞추어 자리를 털고 일어난다. 그리고 몰다우 쪽으로 내려간다.

강 건너 보이는 춤추는 건물과 하늘에 가득한 뭉게구름을 바라본다. 혼자 보기에는 너무 아까운 풍경이라고 생각하던 차에 젊은 남녀가 내 옆에 나란히 선다. 남자는 목발을 하고 있다. 두 커플의 거리로 보았을 때 만난 지 얼마 되지 않은 사이 같다. 남자는 목발을 한 것도 잊어버린 양 풍부한 제스처를 담아 재미있는 이야깃거리를 늘어놓고, 여자는 수줍게 웃으며 남자를 바라본다.

별다른 스킨십이랄 것도 없이 이따금씩 옷깃이 스치는 정도인데 여자의 얼굴은 곧잘 붉어진다. 새싹이 돋듯 사랑이 시작되는가 보다. 사랑을 시작하기에는 무척 좋은 날이다.

Revír 401017 - Vltava 5
16.10.2006

대개는 사랑 없이도 살 수 있는 것처럼 행동했지만,
사랑 받기 위해 자존심을 버린 적도 있었다.
그 계절엔,
과잉일 만큼 자의식에 빠져 있으면서도
무엇을 하건 끝 간 데 없는 갈증에 허덕였다.

시간은 무심히 흘렀다.
이렇다 할 이유도 없이, 퀸보다 쇼팽이 좋아졌다.
시나브로 '다정한 무관심'의 진실을 인정하게 되었고,
혼자서도 고독에 익사하지 않는 방법을 찾아내기도 했다.

그렇게 서른이 왔다.
뜨거운 여름을 보낸, 당도를 높인 과실이 된 기분이다.
이 또한 좋지 아니한가?

파리의 페르 라셰즈.

모딜리아니, 쇼팽, 짐 모리슨, 이브 몽땅, 에디뜨 피아프……, 그리고 오스카 와일드까지. 묘지는 녹음으로 가득 차 공원처럼 조성되어 있으며, 헌화된 꽃들로 분위기는 화기애애(?)했다. 육중한 석재를 사이에 두었지만, 유명 인사들을 만나는 즐거움이 조금도 반감되지 않을 정도로 마음에 쏙드는 분위기였다.

오스카 와일드에게 남긴 여인들의 숱한 키스 마크는 유쾌하게 다녀간 이가 비단 나 하나만은 아니라는 물증이 아니던가? 비셰흐라드 내부의 국립묘지를 찾아갈 때 내가 다시 상기되었다면 그것은 당연히 페르 라셰즈의 추억 때문이었으리라.

여전히 파리에 망명 중인 밀란 쿤데라조차 이곳에 묻히기를 희망한다고 말한 바 있기에 약간의 설렘이 일었다. 얀 네루다, 스메타나, 드보르작, 알폰스 무하, 치페크 등 만나고 싶은 이들도 꽤 있었던 터다.

살아 있는 드보르작에게는 한껏 용기를 내어도 고작 개미만한 목소리로 인사 정도나 건넬 수 있을 나이지만, 그의 무덤 앞에서라면 몇 시간이고 재잘재잘 떠들어 댈 자신이 있었다. 그는 자신의 의사와는 무관하게 그를 만나게 해 준 어린 시절의 음악 선생님의 별명에 관한 전설부터 들어야 할 터다.

SKY HOUSLISTA
O BĚLČÍK
ATRNÍ MISTR Č.F.
+ 10. III. 1990.
BĚLČIKOVA
JAROSLAV
PRŮCHA
BĚLA
A JEHO MILOVANÁ ŽENA JÁJIČKA

이런저런 생각의 끝에 묘지 입구에 다다랐다. 그러나 예상과는 약간 다른 분위기다. 페르 라셰즈가 사교 모임 분위기라면, 비셰흐라드 내에 있는 국립묘지는 그 타이틀에 걸맞지 않게 동네 사우나에 더 가까웠다. 국립묘지는 상상보다 작은 규모에, 가족까지 대동한 입주자들은 또 얼마나 많던지!

협소한 공간에 오밀조밀하게 붙어 있는 묘지들, 아기자기하고, 현란한 조각상들과 색색의 꽃, 양초들로 구성된 이곳은 그들이 살던 동네와 별반 다르지 않았다. 조화보다는 개성이 넘쳐 난다. 거주자들은 죽음으로 삶을 우아하게 포장하는 것 따위에도 역시 무심했나 보다.

뭐랄까?

삶과 죽음의 간극 따위는 잊어버린 양 묘지는 생기가 넘쳤다. 어느 곳에건 털썩 주저앉아 묘비와 삭은 회단 혹은 화병을 바라보자면, 서로의 삶에 대해 한참 동안 주절주절 넋두리를 늘어놓을 수 있을 편안한 위로가 공기 속에 섞여 있었다.

하여 생각보다 꽤 자주, 그리고 오랫동안 이곳에 머물렀더랬다.

뭉뚱그려 유럽 여행을 하는 배낭족들 중에는 성당은 다 거기서 거기라는 식의 놀랍도록 단순 명료한 정의와 너무 많이 봐서 더 이상 감동도 없다는 피곤 섞인 손사래에 입장료를 아낀다는 명분까지 곁들여 여행 중반부터는 성당 앞에서 인증샷 한 컷만 찍고 성당 내부에는 들어가지도 않는 이들이 꽤 있다. 유럽의 심장인 프라하는 대개 여행의 중간 지점으로 이런 모욕적인 일을 곧잘 당하는데 옆에서 그 광경을 관찰하고 있으면 안타까운 마음에 입맛이 쓰다. 특히 프라하의 성당들은 외관과는 전혀 상반되는 내부를 가지고 있어 더욱 그러하다.

특히 성 비트 대성당, 틴 성당, 성 베드로 바울 성당의 경우에는 수수한 고딕 양식의 외관만으로는 도무지 짐작하기 어려운 아름다움을 진주처럼 품고 있다.

성 베드로 바울 성당.

네오고딕의 수수한 외관과는 달리 내부는 바로크에 아르누보를 가미한, 어딘지 모르게 오리엔탈의 신비함마저 감돈다. 그리고 매시 정각에 울리는 난해한 신부님의 종 연주.

절대 놓치지 말았으면 하는 간곡한 바람.

 알폰스 무하의 창

21개의 채플에 있는 각각의 스테인드 글라스 중 단연 인기 있는 작품은 '신 대주교 채플'을 장식하고 있는 알폰스 무하의 작품이다.

알폰스 무하라는 그 이름만으로도 유명세는 충분하거니와 원래 스테인드글라스는 유리 조각을 붙여 만드는데 알폰스 무하의 작품은 유리에 마치 수채화를 그리듯 원하는 색이 나올 때까지 칠하고 말리고를 반복해서 그려낸 것이다. 그 특이한 창작 방법 때문에도 발걸음을 세우기에는 충분하기에 대주교의 채플 앞은 언제나 가이드를 동반한 관광객들로 문전성시를 이룬다.

"이 작품은 성 치릴과 성 메토디우스라는 두 형제 선교사의 업적과 슬라브 민족을 축복하는 그리스도의 모습을 표현하고 있습니다. 제일 꼭대기에 묘사되어 있는 사람이 예수그리스도, 그 아래에 있는 세 명의 여성은 각각 슬라브 민족을 상징합니다. 창문의 오른쪽에는 성 치릴(콘스탄틴)이 그의 동생 메토디우스와 함께 대 모라비아 제국에서 선교하는 장면과……"

어느 채플에 그려진 스테인드 글라스건 사연이 없을까? 모두 성경에 관련된 내용이거나, 이 나라의 성인에 얽힌 사연을 담은 성화일 테다. 당연히 알폰스 무하의 작품도 그러해야 마땅하고.

내가 머리를 긁적일 수밖에 없는 것은 바로 이 그림의 내용 때문이다.

'사라 베르나르!'

프라하에서 가장 큰 성당, 프라하 성 내의 대성당인 성 비트 성당의 스테인드 글라스에 난데없이 웬 사라 베르나르?

알폰스 무하를 일약 스타덤에 오르게 해 준 사라베르나르가 제아무리 유명한 배우였다고 해도, 그런 그녀를 알폰스 무하가 한때 짝사랑했다는 풍문이 사실이었다 해도, 알폰스 무하가 그 특유의 아르누보 양식으로 그녀를 여신처럼 그려 낸다고 해도, 성녀가 아닌 그녀가 대성당에 그려 넣어지다니!

가이드들은 하나같이 그녀의 존재를 거론하지만, 그녀가 어찌하여 이런 성당의 성화 속에 일부가 되었는지에 대해서는 왜 전혀 설명하지 않는 것일까? 왜 사람들은 사라 베르나르를 보면서도 그저 고개를 끄덕이는 것일까?

아……!

이런 식이라면 언젠가 명동 대성당에 장동건의 얼굴이 들어간 스테인드 글라스가 생기는 건 아닐까?

훗.

내심 기대해 본다.

천문시계가 있는 프라하의 구시청사, 그 건물은 반쪽짜리이다. 2차 세계 대전이 끝나고, 본국으로 돌아가던 독일군들이 천문시계를 노리고 던진 폭탄에 의해 건물의 절반이 무너져 내렸는데 허물어진 절반을 그대로 둔 채로 벽을 막아 버렸던 것이다.

건물의 절반이 허물어져 내리면 대개는 복원을 하거나 새로 건물을 짓는 게 마땅하다. 이 경우에는 아름다운 천문시계 때문에 새로 짓는 건 어려웠을 테고, 그러면 원래대로 복원을 했어야 할 것 같은데 구시청사는 여전히 반쪽이 파괴된 채로 남아 있다. 프라하 사람들은 파괴된 건물을 영구 보존하는 것으로 전쟁의 잔혹함을 고발하고 싶었던 것일까? 여기에는 보다 많은 이야기들이 숨겨져 있다.

2차 세계 대전으로 보헤미아 주변의 주요 도시들은 폐허가 되었다. 전쟁이 끝나자 부다페스트, 드레스덴, 베를린, 바르샤바, 쾰른 등에 거주하는 주민들은 무참하게 파괴된 도시를 복원하는 데 여념이 없었으나 프라하만은 적막한 평화가 감돌았다.

그 어느 도시 못지않게 발달했던 프라하, 이 도시만은 2차 세계 대전이라는 엄청난 광풍 속에서 오로지 구시청사의 건물 절반만을 잃었을 뿐 그밖에 별다른 피해가 없었던 것이다. 유럽의 정중앙, 노른자위 땅에 있는 프라하가 유럽 전체를 쑥대밭으로 만든 2차 세계 대전의 폭염 속에서 어쩌면 그토록 온전히 제 모습을 지켜 낼 수 있었던 것일까?

그 비결이라는 것이 아기 예수의 은총이었거나 성 네포묵 신부님의 놀라운 능력 때문이었으면 모양새가 좀 있으려나?

그러나 현실 속에 존재하는 비결이라는 것은, 실은 재빨리 흔든 '백기' 정도였다. 독일군의 만행에 피폐해진 이웃 나라들은 물론이거니와 전쟁의 원흉인 독일인들조차도 자신들이 가진 전쟁의 상처를 자랑스럽게 쓰다듬으면서 프라하의 '비겁'을 비웃었다.

프라하 사람들은 입맛이 썼으리라. 그들은 자신들도 전쟁이 아팠노라고 이야기해 줄 만한 무언가가 필요했다. 그들은 결국 주변국의 비난과 야유에 대처하기 위해 유일하게 파괴된 이 건물을 보존하기로 결정했다. 그들은 전쟁의 유일한 흉터를 덮는 대신 벤치를 놓고 많은 사람들이 볼 수 있도록 배려(?)했다.

그러한 노력에도 불구하고 오늘날까지도 구시가 광장에 모여든 많은 관광객들은 이 건물을 보며 키득거린다. 나는 그런 모습을 볼 때마다 밀란 쿤데라가 던진 그 질문에 대해 생각하곤 했다.

구시가 광장 한가운데 우뚝 서 있는 얀 후스, 이곳 프라하에서 루터보다 100년이나 앞서 로마 가톨릭의 타락과 세속화를 비판하고 종교 개혁을 주장했던 신학자, 그로 인해 유럽의 그 어떤 나라보다 보헤미아는 신교의 뿌리가 깊고 단단했다.

역사를 거슬러 가 보자면, 1617년, 보헤미아의 왕으로 발령을 받은 이는 절대 구교의 신봉자인 페르디난트 2세였다. 그때까지만 해도 오스트리아는 구교의 국가지만 절대 다수가 신교인 보헤미아에서는 이를 크게 문제삼지 않았고, 심지어 루돌프 2세는 신앙의 자유를 인정한 칙령서까지 내린 상황이었다. 보헤미아에서 신교는 전혀 문제 될 게 없었다.

그런 보헤미아 땅에 구교의 신봉자가 왕으로 지목되자 오히려 보헤미아 사람들은 그가 왕이 되는 것에 격렬히 반대했다. 그러자 페르디난트 2세는 왕이 되기에 앞서 신앙의 자유를 보장한다는 굳건한 약속을 내걸고 보헤미아의 왕좌를 얻게 되었다. 그러나 막상 왕이 되자 페르디난트 2세의 태도는 돌변했다. 그는 신교를 탄압하고 가톨릭을 강요하기 시작했다. 정치적 발언이란 예나 지금이나 빈대떡 뒤집듯 뒤집는 게 동서고금의 진리였던가?

어쨌거나 종교 문제는 형제들끼리도 총을 겨누게 만드는 정치 이데올로기 못지않게 민감한 사안임에는 틀림없으니 이 같은 현실에 프라하 전체는 분노로 치를 떨었으리라. 신교파 귀족들은 시민 천 명을 무장시켜 프라하 성으로 몰려가서 탄압 중지를 요구했다. 국왕은 오스트리아에 있었으므로 그들이 만날 수 있었던 것은 국왕의 대변인인 고문관 2명과 서기 한 명이었다. 신교파 귀족 대표들은 국왕이 약속을 수행할 것을 요구했으나 고문관과 서기는 이교도와 다를 바 없는 신교도들을 그저 비웃을 뿐이었다.

이에 격분한 신교파 대표들은 어떤 행동을 취했을까?

천 명의 군대를 끌고 온 귀족 대표들, 물론 순순히 물러나기는 어려웠을 것이다. 그래도 그렇지, 새벽부터 신앙의 자유를 외치며 모인 천 명의 군대가 무색하게도, 그들은 손수 왕의 대변인인 세 사람을 20미터 높이의 창밖으로 던져 버렸던 것이다. 이게 그 유명한 프라하 투척 사건이다.

그런데 더욱 황당한 것은 20m 높이에서 내동댕이쳐진 이들이 하필 쌓아 둔 볏짚 위에 떨어지는 바람에 멀쩡히(?) 살아 무사히 오스트리아까지 도망을 쳤다는 사실이다. 이 해프닝은 보헤미아 사람의 3/4을 죽음으로 몰아 넣었던 종교 전쟁의 불씨가 되었다.

신교파의 귀족들, 새벽부터 신앙의 자유를 외치며 프라하 성으로 몰려간 시민군들, 그때 그들에게 필요한 것은 신중함이었을까?

그렇다면 두 번째,

1938년 3월, 히틀러는 오스트리아를 점령했다. 그리고 그해 9월 체코슬로바키아에 대하여 독일계 주민이 많은 수데텐란트를 할양할 것을 요구했다. 그런데 우습게도 당사자인 체코슬로바키아를 배제한 채로 영국, 프랑스, 이탈리아 세 나라만이 뮌헨회담에 초대되었고, 이 세 나라는 독일의 요구를 받아들였다. 그렇게 황당한 절차(?)를 통해 체코슬로바키아는 전혀 손쓸 틈도 없이 영토의 일부를 빼앗겼고 강대국들의 외면 속에서 절대 불리한 위치에 놓인 채로 2차 세계대전을 맞게 된다.

전쟁이 시작하기도 전에 이미 그들은 적군의 군사력이 자신들의 군사력보다 8배 이상 우세하다는 것을 알고 있었으며, 본의 아니게 누구도 그들을 돕지 않을 것이라는 뼈아픈 물증까지 확보한 터였다. 결국 그들은 전쟁 발발과 동시에 투항했다. 그로 인해 프라하는 전쟁의 광기에도 도시를 온전히 지켜 낼 수 있었지만 아직까지 '비겁'이라는 주홍글씨를 단 채로 주변국의 비웃음거리로 남아 있다.

과연 그때 그들에게 필요한 것은 용기였을까?
밀란 쿤데라는 그저 묻고 있다.
"대체 우리는 무엇을 어떻게 해야 했을까?"

오래된 시청 건물이 반쯤 허물어져 생긴 터에는 벤치들이 놓여 있다.
그 벤치 너머에는 테이크아웃으로 맥주를 판매한다.

요즘은 하루 걸러 하루씩 비가 내리고 있다.
잔뜩 찌푸린 구름이 곧 터져 버릴 것 같이 부풀자
사람들이 하나둘 자리를 뜨기 시작했지만,
나는 전혀 아랑곳하지 않고,
달짝지근한 크루쇼비체 한 잔을 사들고 태연히 벤치에 앉는다.
관광객을 기다리는 마차들,
손님이 오건, 비가 내리건 마차는 머잖아 달릴 테다.
반들반들 윤이 나는 오래된 돌길 위를 지날 테다.
그러면 슬라브 지붕에 빗방울 떨어지는 소리와 시냇물 소리를 적당히 섞
은 그 정겨운 소리를 음미할 수 있다.

“뚜그닥 뚜그닥 뚜그닥……”

공원에서는 대가족이 모여 바비큐 파티를 즐기기도 하고, 하굣길에 떼 지어 가는 여학생들은 신이 나면 어디서건 입을 모아 합창을 하며, 축구 경기라도 있는 날이면 달리는 트램 안에서도 응원가가 넘쳐 흐르고, 해가 지면 동네 선술집 어디에서건 즐겁게 노래하는 이들과 함께할 수 있는 땅, 보헤미아.

춤추고 노래하며 어울리기를 좋아하는 우리 민족과 꼭 닮은 보헤미안. 기시감의 정체는 어쩌면 이 유전자적 유사성 때문이었는지도 모를 일이다.

p.m. 04:36_ 국립 근·현대 미술관

모더니즘과 미니멀리즘의 도화지 위에
층층이 쌓인 시대별 예술품들.
프라하 No.1 미술관.

HAMBURG
CHE

몰다우.
강은 치유의 능력이 있는가?
사람들은 강으로 강으로 몰려든다.

왕실 정원 앞의 대로를 건너 조금만 내려가면 일반인들이 사는 빌라들이 펼쳐져 있다. 왕실 정원은 별도의 입장료가 없고 공중 정원인 호텍 공원과도 지척이라 인근에 사는 이들은 언제고 편하게 왕처럼 이곳에서 휴식을 취할 수 있다.

시원한 분수와 잘 가꾸어진 화단까지 한눈에 볼 수 있는 최적의 장소에 동네 아주머니들이 자리를 잡으신다. 이 정겨운 이웃사촌들은 물줄기를 뿜어대는 분수 마냥 쉴 새도 없이 소소한 일상을 쏟아 낸다. 내가 있는 곳에서는 그저 물 떨어지는 소리처럼 들리는 그 대화 속에는 아들과의 통화 내용, TV 프로그램, 어제 저녁 새로 산 프라이팬으로 만든 요리 등에 관한 이야기들이 담겨 있을 게다.

나무 그루터기에 기대앉은 나는 그들의 대화를 배경 음악 삼아 나뭇잎 사이로 쏟아지는 햇살 한 줄기를 멍하게 바라본다.

혼자 여행 중이라고 하면 사람들은 흔히들 비슷한 질문을 한다. 그럴 때마다 나는 워낙에 혼자 있는 시간을 즐기는 편인데다 친절한 프라하 사람들과 넘쳐 나는 한국인 관광객들, 무엇보다 묵직한 카메라에 새로 산 노트북, 읽을 책까지 있으니 외로움이 다 무어냐고 어깨를 으쓱해 보이며 덤덤히 응답하지만, 도무지 이런 상황에서만은 속수무책이다.

공사로 인해 트램 노선이 바뀐 줄 모르고 타서 겪은 황당한 일, 샌드위치에 들어 있던 햄이 전혀 익혀지지 않아 깜짝 놀랐던 일, 머플러를 사러 갔는데 아저씨가 내가 입은 티셔츠랑 바꾸자고 졸라 댔던 일, 돌돌 말아 굽는 빵 뜨르드르는 테스코 앞이 가장 맛도 좋고 싸다는 것, 단골 레스토랑의 주방장이 손수 만든 치즈 맛이 일품이라는 것, 가이드의 언질과는 달리 식당에서 주문 전에 나오는 빵은 시내 쪽만 벗어나면 무료라는 것을 쉼 없이 쫑알쫑알 쏟아 내고 싶은 충동.

영화 '마미야 형제'에서 출장 중인 형이 동생과 통화 후에 만족스러운 표정으로 하던 혼잣말이 떠오른다.

"오늘 하루 있었던 일을 말할 상대가 있어서 정말 다행이야."

작고 사소한 일들을 매일같이 늘어놓아도 시험 힌트를 받아 적는 아이들처럼 눈을 반짝이며 들어 줄 그런 사람이……,

오늘은 무척 그립다.

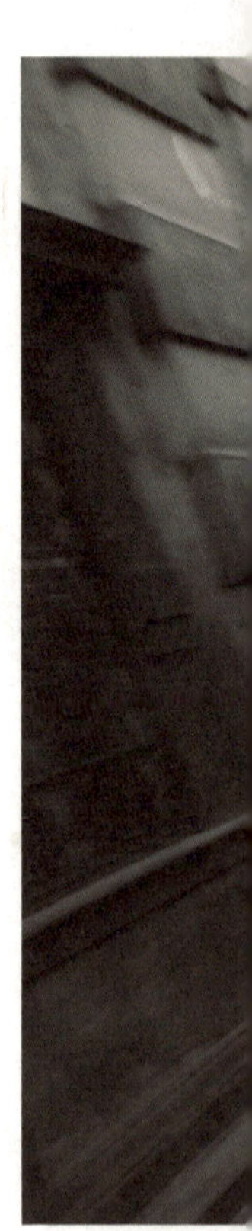

그리움이 찾아오면, 흐르는 시간을 한 바가지 퍼서
코를 박고 한참을 벌컥벌컥 마실 수 있다. 이것이 내가
사진을 찍기 시작한 이유다.

아쉬운 마음으로 마지막 밤을 보냈건만,
공항에 도착하자 귀소 본능이 꿈틀대기 시작한다.
발권을 마치고 동전을 털어 산 커피 한 잔을 들고
청사 밖으로 나와 이국땅의 하늘을 올려다본다.

구심력과 원심력이 팽팽한 경계선 위에 서 있다.
조금도 두렵지 않다고 하면 거짓말이겠지.

프라하에서의 한 달은

시작을 위한 첫 단추가 아니라

어쩌면 유예의 시간이었는지 모른다.

30대의 삶은 어떠해야 한다던가,

혹은 어떠했다는 충고들을 가슴에서 닦아 냈으니

오로지 나 자신으로서의 삶을 살아 볼 요량이다.

삶을 지피는 둥지가 되어 준 프라하여, 잠시만 안녕~!

몰다우의 수질 상태는 어떨까?

바닥의 석회와 사암 때문에 깨끗한 강처럼 보이지 않는다. 그러나 실제 수질 상태는 유럽 어느 나라보다 우수하다고 한다. 덕분에 백조와 물오리들이 많이 서식하는 것이라며, 전 유럽의 수질 통계 자료라도 내밀 것 같은 자세로 누군가가 침을 튀겨 가며 설명해 주었다.

몰다우가 이 많은 녀석들을 먹여 살린다는 그의 주장은 아마 맞는 말일 게다. 허나 몰다우만은 아니라는 것 역시 나는 알고 있다.

엄마, 아빠와 동생을 뒤로한 채, 가장 먼저 달려와 백조들을 부르는 꼬마 아가씨를 나는 알고 있었다. 그녀가 강변을 따라 내려가기도 전에 백조들이 그녀를 향해 물길을 거슬러 올라온다. 그리고 애정 어린 식사가 시작된다.

이렇게 매주 일요일 미사에 참석하듯 백조를 먹이는 이 소녀는 자라서 어떤 사람이 될까? 그녀는 매일 아침 만나는 뉴스 아나운서가 되거나, 프라하에서 가장 인기 있는 레스토랑을 운영하거나, 유명한 건축 디자이너가 되어 프라하를 더욱 아름답게 수놓을 지도 모른다.

그녀가 어떤 모습으로 성장하건 그녀는 자신이 지켜 온 백조들과 그들의 삶의 터전인 몰다우를 기억할 것이다. 이렇듯 작은 천사들 덕분에라도 수천 년을 보헤미안과 함께 해 온 몰다우는 언제까지라도 살아 있는 강으로 프라하 곁에 남을 것 같다.

아름다운 프라하 성의 끝자락에 걸린 탑을 바라보고 있다.

머릿속에 각종 공주 패키지가 등장하기 시작했다. 백설 공주, 잠자는 숲 속의 공주 등등의 고전 패키지가 주마등처럼 스쳐 가고 이윽고 출연진이 슈렉의 피오나 공주에 다다르자 슬슬 흥미가 생긴다. 피오나가 주연일 수 있다면 나도 한번 탐내볼 만한 자리가 아닌가?

드라마틱한 연출을 위해 나는 가녀린 공주라도 되어야 하겠지만, 성격상 자나 깨나 왕자님만을 기다리는 인내심 좋은 공주 역은 소화가 안 될 성 싶고, 그렇다고 성에 갇혀 나를 기다리는 허약 체질 꽃미남 왕자를 구하 러 가는 것도 영 내키지 않으니, 애완용 용 두어 마리 키우는 공주쯤이면 어떻게든 합의가 될 것 같다. 이 정도 조건으로 캐스팅이 성사 되려나?

한참 시시껄렁한 공상에 빠져 달리보르 탑을 바라보고 있었는데, 혼자 여 행을 왔다는 나만큼이나 영어가 서툰 스페인 남자가 말을 걸어 온다. 그는 다짜고짜 내 옆에 나란히 서서는 달리보르 탑의 사연을 들려 주겠단다.

15세기 말에 세워진 이 감옥의 첫 번째 수감자가 바로 달리보르라는 기 사였는데, 그는 귀족의 학대를 견디다 못해 달아난 농노를 숨겨 줬다는 죄목으로 종신형을 선고 받고 이 감옥에 갇혔단다. 그런 그가 밤마다 바 이올린을 연주했는데 그 소리가 너무나 구슬퍼 사람들은 밤마다 이 감옥 주변으로 몰려들었고, 그를 위해 몰래 빵을 줄에 매달아 내려보내 주었 단다.

그 이야기를 들으며, 눈을 감으면 멀리서 아련하게 바이올린 소리가 들리는 것 같았다.

"난 바이올린 전공이야! 기사보다 멋진 연주를 할 수 있는데 들어 볼래?"

이야기를 마친 그는 만족스러운 듯 나를 힐끔 쳐다보더니 찡긋 웃으며 농을 건넨다.

"어쩌지? 아무래도 난 내 용을 타고 그를 구하러 이만 가 봐야겠는걸!"

나는 배시시 웃으며 작별을 고한다.

'남자들이란……!'

페르디난트 1세가 아내 안나를 위해 지은
아름다운 벨베데르 궁전,
그곳에 어울리는 농밀한 키스!

구태여 에두아르 부바나 미셸 트르니에를 들먹이지 않더라도,
누구나 얼마간은 뒷모습에 대한 단상을 가지고 있으리라.

감추지 못한 진실이 배어나며
우리로 하여금 상상케 만드는,

그녀의 주장에 따라 구태여 쓸쓸할 필요는 없다.
여기는 구태여 할 무엇도 존재하지 않는
보.헤.미.아.

맑은 하늘에 뭉게구름, 따뜻한 햇살, 산들산들 바람,
보아야 할 것이 아닌 보이는 것을 볼 시간이다.

남자든 여자든 사람은 자신의 얼굴로 표정을 짓고 손짓을 하고
몸짓과 발걸음으로 자신을 표현한다. 모든 것이 다 정면에 나타나 있다.
그렇다면 그 이면은? 뒤쪽은? 등 뒤는? 등은 거짓말을 할 줄 모른다.

– 미셸 부르니에, 에두아르 부바의 〈뒷모습〉 중에서 –

천문시계와 처음 만난 날, 백지의 상태에서 보는 18초간의 인형극, 삐거
덕 삐거덕 움직이는 인형들이 귀엽기 짝이 없어 웃다 보니 순식간에 쇼가
막을 내렸다.
삽시간에 사람들이 흩어지고 나는 자리에 남아 천천히 시계를 뜯어 본다.
앙증맞은 제스처를 보여 준 인형극의 출연진.

맨 꼭대기에 있는 황금 닭, 그 아래 창문이 열리면 등장하는 예수님의 12
사제, 그리고 천문시계 양옆으로 해골과 오스만 투르크 족, 유태인, 체코
인, 플라네타륨 양옆으로는 법학자, 천문학자, 기사, 수학자. 가이드북을
보니 맨 아래 4개의 직업군이 당시 프라하에서 가장 선호하던 직업군이
라고 한다.
책을 덮고 짧은 인형극을 다시금 떠올려 본다. 그리고 한참 동안 시계를
올려다본다. 프라하에서 가장 땅값이 비싸다는 천문시계 앞 카페테라스
에 앉아 마시는 비싼 커피는 이미 차가워진 지 오래다.

죽음의 사자인 해골이 모래시계를 눕히고, 종을 치면서 인형극의 막이 오
른다. 죽음의 사자가 죽음의 시간이 다가옴을 알리자 죽음의 사자와 나란
히 서 있던 인형들이 고개를 좌우로 흔든다. 기타를 안고 있는 오스만 투
르크 족, 돈 주머니를 쥐고 있는 유태인, 거울을 보며 자아도취에 빠져 있
는 체코인들, 그들은 무엇을 상징하고 있을까?

옛 보헤미안들뿐만 아니라 오늘날에도 여전히 우리가 꿈꾸는 부와 권력, 명예, 아름다움 등을 가진 이들에게 죽음의 시간이 찾아온 것이다. 사뭇 귀엽기까지 한 인형극은 실은 섬뜩하게도 '죽음'이라는 화두를 통해 우리에게 교훈을 주려 한다. 돈과 권력의 노예가 되어 목적이 아닌 수단으로 전락하는 인간사의 고질적 병폐 속에 몸 담근 우리들. 반복되는 일상 속에서 빈번하게 소중한 것들을 놓치거나 무의미하게 허비하는 우리들의 목에 죽음이라는 날카로운 칼날을 대고 묻는다.

행복한 삶의 본질에 관하여…….
우리들의 파랑새에 관하여…….

인형극의 결미는 용서와 사랑, 그리고 영원한 안식으로 장식된다. 생의 유한함이 질척거리는 허무의 늪으로 우리를 밀어내기 전에, 자신들이 순교당한 도구를 가슴에 품고 나타난 예수님의 열두 제자들이 차례로 모습을 나타내며 우리를 위해 고개 숙여 기도를 드리는 것이다.
그리고 여명의 시간, 즉 각성을 통한 새로운 인생의 시작을 알리는 황금 닭의 울음소리.
이 인형극은 고작 18초지만, 매시 정각마다 우리를 죽음에 직면케 한다. 얼마나 많은 보헤미안들이 이 길을 지나고, 이 시계 앞에 멈추어 섰을까? 시계에 담긴 인생관이 이와 같은데, 사람마다 담긴 생철학은 또 어떠할까?

지리적 이점으로 시장 경제가 발달한 이 땅에 사는 보헤미안들이 손익만을 따지는 교양 없는 속물 근성을 가진 필리스틴이 아닌, 예술을 사랑하는 자유분방한 민족으로 불리게 된 것이 단지 우연만은 아니리라.

Korálek
SKLENĚNÉ KORÁLKY
ŠPERKY
DOPLŇKY
DÁRKY
BEADS MADE FROM GLASS
JEWELLERY
ACCESSORIES
GIFTS
CORALES DE CRISTAL
JOYAS
ARTICULOS DE COMPLEMENTO
OBSEQUIOS

아기자기한
선물 가게들이 즐비한 황금소로의 마지막 집.

철새들처럼,
수많은 여행객들이 이곳으로 몰려들어.
우린 더 이상 배낭을 꾸릴 필요가 없어.
바람을 타고
바람의 아이들이 모여든
이곳이 진정한 보헤미아야!
함께, 할래?

odak
Photo
EXPRESS
VAŠE
FOTOGRAFIE
za 1 hodinu

These quality recordings
are available now from TSP Records,
Maximum Underground, Bbarak
and all fine outlets
PÁTEK 29/6/07
CROSS CLUB
PLYNÁRNÍ 1096/23
PRAHA 7 HOLEŠOVICE
PÁTEK 29
CROSS CLUB
CELEB
LIVE MUSIC !!

햄버거를 먹으니 배도 부르고 한층 기분도 좋다. 새로 산 잡지를 꺼내 느긋하게 뒤적이며. 한참 보헤미아의 패션 아이템을 살피고 있는데 사람들의 웅성거리는 소리가 들려온다. 고개를 들어 보니 따끈한 햄버거를 받아 든 사람들이 앉을 자리를 찾아 두리번거린다. 사람이 늘어 빈자리가 없다. 잔뜩 배가 고픈 사람들을 앞에 두고 늦장을 부린 것이 미안해 서둘러 테이블을 정리하고 습관적으로 화장실로 향한다.

미리 말해 두자면, 나는 돈을 내고 사용하는 유럽의 화장실 문화가 썩 싫지만은 않다. 돈을 받는 이가 화장실을 관리하면 시설이 좀 낙후된 곳이라도 화장실만은 청결하고, 언제나 화장지가 준비되어 있으니 길을 걷다가 급히 화장실을 가고 싶어도 당황할 필요가 없는 것이다. 단돈 200~300원이면 나는 어떤 용도의 시설이건 그곳의 화장실을 당당하게 사용할 수 있다. 길을 걷다가 갑자기 용변이 급해져서 가까운 건물에 들어가 보면 화장실마다 문이 꼭꼭 잠겨 있는 우리네 도시보다야 더 인간적이지 않은가?

그러나 패스트푸드점은 예외~! 전 세계 배낭 여행객이 값싸게 배를 채우면서 화장실도 무료로 쓸 수 있는 곳이다. 그 덕분에 늘 붐비는 게 흠이지만 이왕지사 들어왔는데 그냥 갈 수야 없지!

그런데 이게 웬걸. 이곳 화장실에는 관리인이 떡하니 자리를 지키고 있다. 여기는 돈을 받는구나 생각하고 적힌 금액의 동전을 넣으라고 표시

된 바구니에 넣는다. 다른 곳을 보고 있던 화장실 관리인은 동전이 떨어지는 소리에 화들짝 놀라며 부랴부랴 내게 작은 종이를 내민다. 무슨 쿠폰인가 하고 받아드니 화장실 사용 요금이 적혀 있는 영수증이다.

'대체 이건, 뭐지?'

한번은 같은 숙소에 머물던 언니와 같이 바츨라프 광장 근처의 맥도날드에 갔는데 언니는 햄버거를 먹고 화장실에 다녀오겠다고 햄버거를 산 영수증을 들고 간다. 이 근처의 패스트푸드점의 화장실도 유료라고 말했지만 이미 유럽 전역을 여행하고 온 언니는 믿을 수 없다는 표정이다. 정말 돈을 받는 사람이 있다 하더라도 햄버거를 구입한 영수증을 보여 주면 무료일 거라는 것이 언니의 주장이었다. 화장실에서 돌아온 언니는 영수증을 보여 주었지만 돈을 내야 한다는 화장실 직원과 한참을 옥신각신하다 결국은 무료로 이용하고 왔다고 한다. 나는 도무지 그럴 자신이 없어 그냥 동전을 들고 화장실에 갔다.

그리고 이번에는 의문이 영수증을 받는 것을 사양했다. 대체 어디다 쓰라는 말인가?

나는 종종 테스코(tesco)에 들러 장을 보았는데, 그곳의 화장실을 이용할 때도 화장실을 관리하는 아주머니는 반드시 영수증을 주신다. 사람들은 그 영수증을 반드시 지갑이나 호주머니에 소중히 담아 둔다. 하여 나는 매번 사양하지도 못하고 받아 주머니에 챙기는 시늉을 하였다.

그러던 어느 날은, 마침 줄도 길고 아주머니 한 분이 내게 관심을 보이기에 나는 조심스럽게 이 영수증의 용도를 물었다. 테스코에서 물건을 계산할 때 이 영수증을 보여 주면 고른 물건 가격의 총액에서 이 요금은 빼 준다는 것이 그녀의 설명이다. 즉 고객의 화장실 이용료는 테스코 측에서 부담한다는 것이다. 패스트푸드점에서 주는 영수증도 같은 용도란다. 화장실 이용 영수증을 보여 주면 햄버거 값을 치를 때 그 만큼 할인해 주는 것이다. 햄버거를 먹고 나서야 화장실에 가고 싶어지면 어떻게 하냐는 나의 질문이 우스운지 아주머니는 피식 웃으시더니 패스트푸드점 안에 있는 화장실일지라도 돈을 받는 화장실이라면 반드시 계산하기 전에 가는 수밖에 없다고 하신다.

언뜻 들으면 불합리하기 짝이 없는 시스템이지만 연간 1억 명 이상의 관광객이 다녀가는 프라하의 사정을 생각할 때 그렇게 기막힐 일만도 아니다. 화장실 사용료를 받는 패스트푸드점은 주로 관광객이 들끓는 몇 개에 한정되어 있으니 말이다. 중요한 것은 잔돈 몇 백 원이 아니라 인간의 생리적인 현상을 보다 인간적인 환경에서 편리하게 해결할 수 있느냐가 아닐까?

남들이 야박하다며 분개해도 나는 부지기수로 늘어나는 관광객의 능쌀에 못 이겨 화장실 요금을 받으면서도, 그게 못내 미안해 영수증을 만들어 조금이라도 돌려주려고 수줍게 건네는 마음씀씀이가 싫지만은 않았다.

p.m. 07:13_ 친구

그저 고개를 끄덕이며 들어 주었다.

호들갑스러운 반응도, 그럴 듯한 설교도 없었다.

그는 그저 서서히 엷은 노랑이 스며드는 몰다우를 바라보았다.

그리고

낮은 목소리로

노래를 부르기 시작했다.

바츨라프 하벨.

반체제 작가였던 그가 대통령이 되었다.

인간적이며, 인간적이며, 인간적인 대통령의 존재,

그것만으로도 묘한 흥분이 일었다.

벨벳 혁명으로 자유의 깃발을 꽂았던

그 강인한 사내가 대국민 연설 중에,

'우리도 이제는 우리이 이웃이 운영하는 자그마한 상점들,

빵집, 선술집, 레스토랑 등이 있는 거리를 가질 수 있게 되었'노라고

감격스레 말했을 때, 나는 희미하게 웃어 보였지만

속으로는 가슴이 쩍 하며 갈라지는 것 같았다.

작은 상점 하나하나가 꿈과 자유의 열매인 프라하,

그 거리를 지금 거닐고 있다.

AKCE! AKCE!
Kedlubny 5⁹⁰ /kus
ZELÍ 9⁹⁰ /kg
BANÁNY 26⁹⁰ /kg
TŘEŠNĚ 39⁹⁰ /kg
VIŠNĚ 39⁹⁰ /kg

p.m. 07:19_ 보물 창고

성 비트 성당의 스테인드 글라스, 구왕궁의 아치, 스트라호프 수도원의 천장화, 아르누보 양식의 진수인 시민회관, 르네상스 양식의 국립 박물관, 가장 오래된 로마네스크 양식이라는 성 마르틴 로툰다, 르네상스 양식의 여름 궁전, 틴 성당의 위압적인 바로크 양식의 내부, 구시청사의 아름다운 천문시계, 후기 바로크 양식의 진수인 성 미쿨라쉬 성당, 기타 등등. 아름다운 중세미가 물씬 풍기는 건축 박물관이라는 수식어가 전혀 부끄럽지 않은 작은 도시를 살뜰히 채우는 엄청난 수의 건축 문화 유산들. 여기에 그 수적 우위 말고, 구태여 프라하만의 특별함을 말하라고 옆구리를 꼬집으면,

음…….
다양함?

나처럼 건축에 관한 습자지 지식을 갖춘 이의 눈으로 보자면, 벽이 벽지를 바른 것처럼 그림이나 무늬를 덮어쓰고 있는 건 르네상스 양식이고, 양파머리 얹은 지붕은 바로크 양식이고, 뾰족한 첨탑을 가진 건 고딕 양식이고, 화려한 곡선으로 잔뜩 멋을 부린 건축은 로코코 양식인데…….
프라하의 건축물들은 이름 있는 건물들이 아니더라도 요리에 양념을 넣듯, 각종 건축 양식으로 버무려져 있다. 그렇게 다양한 건축 양식으로 잔뜩 멋을 부리고도 안심이 되지 않는 듯, 컬러들은 또 얼마나 다채로운지.

누구보다 돋보이고 싶은 특별한 날에, 집에 있는 것 중 가장 아름다운 옷과, 제일 멋진 가방과 신발, 시선을 끌 모자, 포인트로 쓸 스카프, 선글라스에 브로치, 목걸이, 귀걸이, 팔찌에 있기만 하다면 발찌까지 하고 거리에 나선 여인네처럼 과하다 싶을 만큼 온통 강조점으로 중무장된 건물들을 거리 곳곳에서 쉽게 만날 수 있다.

더 매력적인 것은 이 중세의 도시 곳곳에는 피카소의 그림이 떠오르는 큐비즘 건물들과, 다양한 테마의 모더니즘 건물들이 소풍날의 보물들처럼 곳곳에 숨어 있다는 사실이다.

그중에 가장 인상적인 것은 뭐니 뭐니 해도 춤추는 빌딩이다.

유럽의 우아함의 상징이었던 연미복과 실크 모자, 미국의 유쾌한 자유의 상징이었던 탭댄스로 중무장한 흑백 영화 속의 진저 로저스와 프레드 아스테어, 잡식성 꼬마였던 나는 빨강머리 앤과 소공녀 세라만큼이나 오래된 흑백 영화에 빠져 미지의 세계를 동경했다.

그런데 몰다우가 내려다보이는 이곳 프라하의 거리에서 유년의 추억이 깨어나고 있다. 언제나 재미있는 건축물로 나를 즐겁게 해 주던 프랭크 오 게리가 이 중세의 도시에, 앙증맞은 모자를 살짝 얹고 늘씬한 허리를 꼭 껴안은 포즈의 진저 로저스와 프레드 아스테어를 형상화한 춤추는 건물을 남긴 것이다.

그야말로 유럽의 아름다움을 고스란히 지녔으면서도 자유로운 영혼을 소유한 보헤미안들에게 어울리는 선물이 아닌가?

그리고 하나 더, 로켓 모양의 방송 수신탑.

거대한 크기 때문에 도시 어디에서나 볼 수 있는 그것, 전망 좋은 카페에 앉아 시내를 쭉 내려다보는데 눈을 비비고 아무리 다시 봐도 로켓처럼 보이던 그것. 궁금해 웨이터에게 물으니 그는 아주 자랑스럽게 로켓이라고 말했다. 내가 어안이 벙벙한 표정을 지어 보이자 그는 분명 모양은 로켓이라고 고쳐 말했다. 그래도 도통 알아듣지 못하는 내 표정을 보고 그는 분명 로켓이지만 용도는 방송 수신탑이라며 찡긋 웃어 보였다. 그리고 꼭 한번 찾아가 보라며, 가는 방법까지 친절하게 알려 주었다.

Jiriho z Poděbrad라는 역에서 내려 지상으로 올라오자마자, 거대한 군함 모양을 한 육중한 성당이 초록 잔디 위에 두둥실 떠 있고, 거리는 아름다움이 물씬 풍기는 중세 유럽의 고풍스러움에 채색으로 발랄함까지 가미한 건물들로 생기가 넘쳤다.
그리고 건물들 너머로 로켓이 보였다. 꽤 가까이에 있다는 것을 직감할 수 있었다. 방향을 따라 골목길을 누비는데 눈앞에 녀석의 전신이 드러났다.

로켓, 그리고 로켓 위를 종횡무진 누비고 있는 거대한 아기들.

아!

그렇게 한참을 감탄하며 올려다보는데 불현 듯 EQ를 높이기 위해 수업을 받고, 창의력 증진을 위해 학원에 다니는 우리네 현실이 떠오르더니, 잇달아 유치원에 다니는 두 조카의 얼굴이 아른거렸다.

언제나 어른들이 함께해 주는 이 다정한 도시에는 유모차, 공원, 놀이터가 넘쳐 이미 아이들에게는 천국 같은 곳이라고 생각하고 있었건만, 이렇게 다채롭게 상상력의 배양분이 될 건축물들까지 산재하다니.

귀여운 내 조카, 진오랑 진서가 이 로켓과 저 거대한 아기들을 보면 뭐라고 할까? 조금은 겁을 낼까? 멀찍이 떨어져서 한참 동안 바라보다가 손을 흔들까? 자기도 올라가 보겠다고 떼를 쓸까?

무엇을 하건, 내 소중한 아이들이 이토록 기발한 아이디어에 언제고 노출될 수 있는 환경에서 자란다면 얼마나 좋을까?

흐르는 몰다우를 보면서 건물이 춤을 추고, 항공모함처럼 생긴 성당은 푸른 잔디를 바다 삼아 인제나 항해 줌이며, 오스람은 거대한 크레파스 상자를 사옥으로 사용하고 있고, 자주 가는 극장은 외계 행성에서 떨어져 나온 큐브 모양인 그런 도시.

아직 어린 아이들조차 집의 평형이나 집값에 관심을 갖는 그런 비극이 비

집고 들어올 틈이 없도록 상상력을 한껏 자극해 줄 그런 도시, 어른들조차

동심을 잃지 않고 창조적으로 살아가도록 다채로움으로 동행해 주는 그런 도시. 근동지이(根同枝異)의 아름다움이 있는 프라하는 정말 보물 창고가 아닌가?

이 골목의 온도는 몇 도일까?

동네 구멍가게조차도 공무원 출근 시간보다 느긋이 문을 열고, 정시에 문을 닫는다. 주 5일은 기본이고, 하루 공휴일이 붙기라도 하면 모두 여행을 떠나는 바람에 동네가 휑하다. 성모 축일에는 정말 나 혼자 이 도시를 지키고 있다는 기분이 들 지경이었다. 하긴, 버스로 두 시간이면 동화 같은 독일 마을인 드레스덴에, 3시간 30분이면 잊을 수 없는 커피와 초콜릿이 있는 비엔나에도 갈 수 있으니~!

삶의 패턴이 이럴 진데 무엇 하러 공무원에 연연하겠는가?! 100:1이라는 공무원 시험의 경의적인 기록은 정말이지 지구 반대편에서나 있을 신기한 일일 뿐이다. 그러나 관광지의 일부 상점들의 폐점 시간이 점차 늦추어지고 있다. 시나브로 물의 온도가 높아지고 있다는 걸 까맣게 모르는 태평한 개구리처럼 자본주의의 욕조에 얌전히 몸을 담그고 있다.

상인들의 터로 오랫동안 쓰였던 프라하이기에 자본주의 급물살에 지혜롭게 대처하리라 믿지만, 노파심만은 어쩔 수 없다. 고작해야 일과 시간 이후에는 상검을 찾지 않는 성노가 할 수 있는 전부이지만, 그나마라도 지켜 주고 싶은 마음이랄까?

다정도 병이라더니 이래저래 생각도 많다. 필시 병은 병인가 보다.

사랑은 어떤 단계에서는

세상의 어떤 소리도 들리지 않고,

어떤 시간도 느껴지지 않고,

지금 그녀와 내가 어디 있는지도 잊게 되고.

'우리가 서로 사랑하고 있다'는 느낌만이 남는다.

사랑하는 감정 아래,

'나'는 사라지는 것이다.

-박신양의 〈연인〉 中-

프라하의 봄이 무산되자 이에 분개해 분신자살을 한 얀 팔라츠(Jan Palach)
와 4년 뒤인 1973년, 얀 팔라츠를 기리는 집회에서 같은 이유로 분신자살
한 18세 소년 얀 자익(Jan Zajic)의 기념비와 벨벳 혁명을 성공으로 이끌
었던 학생운동 기념비.

2차 세계대전 후, 공산당의 일당 독재로 보헤미아 땅은 서서히 경직되어
갔다. 온 국민들이 힘을 모아 얼어붙은 땅에 '프라하의 봄'을 일구고자 했
으나, 외풍은 거셌다.

'얀 팔라츠'의 분신자살은 기나긴 민주화 운동의 서막이 되었다.
보헤미안에게 자유를 빼앗다니 가당키나 한 일인가?
20년, 기나긴 민주화 투쟁이 계속되었다.
1989년 11월, 온 국민이 민주화 개혁을 요구하는 대규모 시위를 벌였다.
그해 12월, 공산 정권이 퇴진했다.

'벨벳 혁명'은 보헤미아를 이데올로기의 새장에서 해방시켰다.

해질녘 모기향을 피워 놓고 나란히 앉아 밤이슬 내리는 것을 구경하며 술잔을 기울이는데 다동은 허공을 응시한 채 주문이라도 외듯 말을 한다.
"난 말이야, 역시 술이랑 쇼핑 없이는 못 살 것 같아."
나는 팔꿈치로 녀석의 팔을 슬쩍 치며 눈에 힘을 준다.
"당.연.하.지."

당연했다. 그는 소주를, 나는 맥주를 사랑하였고, 우리는 모두 예쁜 옷이라면 사족을 못 썼으므로. 그런 내가 라거의 본고장인 체코, 맥주를 '흐르는 빵'이라 부르며 주식으로 삼는다는, 국민 평균 하루 맥주 소비량 1리터, 1인당 소비율이 전 세계 1위라는 보헤미아. 맥주 맛이야 길게 설명해 무엇하랴. 삶의 어느 그루터기에서건 언젠가 꼭 한 번은 드셔 보길 권할 밖에.

아홉 시가 훌쩍 넘어서야 뉘엿뉘엿 해가 지는 프라하.
몰다우가 감싸 안듯 흐르며 저 멀리 프라하 성이 내다보이는 명사수의 섬. 몰다우는 쉼 없이 흐르고, 밤이 지척에 와 있는데도 어쩐지 시간이 고이고 있는 듯한 기분이 드는 섬.
여심이란 만국 공통의 주파수를 가졌던가?
내가 즐겨 앉는 그 자리에 앉아 꼭 나처럼 흐물흐물 녹아내리던 여인네.
자화상을 담듯 그녀를 앵글에 담아 본다.

성당이나 도서관, 성 안에서의 클래식 콘서트들은 '프라하의 봄' 시즌이 끝나면 김 빠진 맥주 같아졌다. 그래서 어느 날 클린턴이 들렀다는, 프라하에서 가장 유명한 재즈바인 레두타에 갔다. 벽에 걸려 있는 재즈 연주자들의 사진을 바라보며 듣는 재즈 연주에 말초 신경이 꿈틀거렸으나 그뿐이었다. 그보다 더 정열적인 무대가 필요했다. 묻고 물어 찾아간 재즈바는 '운켈트'였다. 워낙 많은 재즈바들이 거리 홍보를 하는 통에 어디를 갈까 망설이다가 찾아간 곳인데 내가 몰랐을 뿐 꽤나 유명한 곳이었다.

프라하의 재즈바는 그야말로 공연장이다. 무대와 객석이 거의 맞닿아 있는 공연장과 맥주를 파는 바는 분리되어 있는데 공연을 볼 사람들은 입장료를 사서 무대와 함께인 공간으로 들어가고 원하는 사람은 바에 가서 음료나 술을 살 수 있다. 입장료를 사지 않은 사람들은 일반 술집처럼 테이블에 앉아 서빙을 받으며 보이지 않는 공연장에서 들려오는 연주를 배경 삼아 술을 마시는 것이다.

입장료를 사서 들어가 보니 무대도 작고 1, 2층으로 나누어진 관객석도 비좁기 이를 데 없다. 8시 공연 시작인데 이미 자리가 거의 차서 나는 맨 앞에 앉아 스피커의 소리와 연주자들의 그림자에 파묻혀 공연을 감상해야 할 판이었다. 역시 다시 자리를 찾아볼까 하는 마음에 고개를 들어 둘러보니 이미 계단까지 사람들이 앉아서 공연이 시작되기를 기다리고 있다. 결국 객석은 가득 찼고, 나는 일행이 아닌 이들과 정겹게 붙어 앉아 공연을 보게 됐다.

그날 공연은 치킨 스프라는 이름의 밴드였다. 이름 참 잘 지었다 싶게도 겉멋이라고는 하나도 없이 면바지에 헐렁한 남방을 걸쳐 입은 연주자 넷이 들어왔다. 나이도 각양각색, 평범한 얼굴조차도 각양각색이었다. 그러나 그럴수록 기대는 적잖게 커지는 법, 비주얼이 평범하다는 것은 그들의 연주가 비범하다는 것의 반증이 아니겠는가?

아니나 다를까 연주는 매력적이었다. 여러 음악회를 찾았으나 이제껏 보헤미아의 음색이라는 것이 무언지 전혀 깨닫지 못했던 나였다. 각지에서 몰려든 관광객들을 위해 세계 어디에서건 들을 수 있는 연주곡들만을 들어왔던 터다.

그러나 치킨 스프의 재즈 안에서 나는 어렴풋하게 보헤미아의 정서를 느낄 수 있었다. 좋은 음악은 향토적 색채에도 불구하고 나 같은 우둔한 대중에게조차 너그러운 법인가 보다. 치킨 스프의 연주에는 과장된 기교가 연출해 내는 아름다움이나 슬픔은 없었다. 그저 농담처럼 가벼우면서도 애틋한 무언가가 녹아들어 있었다. 그것이 더욱 가슴을 저미게 했다.

그 후로, 나는 새벽 촬영에 무리가 되지 않는 한도 내에서, 연주 팀의 스케줄 표를 확인해 가며 운겔트를 찾았다. 비교적 일찍 잠자리에 드는 습관을 지닌 나에게조차 그것은 치유의 시간이 되어 주었다. 사진으로, 글로 나를 비워 내는 작업들에 골몰한 나머지 껍데기만 공허하게 남은 건조한 나에게 달콤한 빗줄기와 다름없었기에.

p.m. 11:06_ Remember

야경…….
건조한 도시에서 꿈을 잃지 않게 해 주는 오아시스.

대개 10시면 잠드는 나였기에 나는 밤의 시간이라는 것이 언제나 낯설고 다소 두려웠다. 어둠이 짙게 깔리면 낮 동안에는 잠 자던 음지의 상상력들이 꼬물꼬물 올라오는 것이었다. 그런 나에게 야경이나 밤의 아름다움은 언제나 남의 이야기였다.

그런 나를 안타깝게 여긴 친구 하나는 밤에 듣는 라디오는 낮에 함께 강의를 듣는 친구들보다 다정하고, 달빛은 해조차 가지지 못할 내면을 비추는 밝음을 가졌으며, 야경이야 말로 긴조한 도시에서 꿈을 잃지 않게 해주는 유일한 오아시스라며 열변을 토했다.

그러나 습관은 그렇게 쉽사리 바뀌지는 않는 법.

야경이 예술이라는 프라하에 와서도 나는 줄곧 10시가 되기 전에 숙소로 돌아왔다. 이 계절에 프라하는 9시가 되면 슬쩍 노을빛으로 물드는가 싶다가 삽시간에 온통 푸른색으로 뒤덮이는데 이 푸름이 연거푸 덧입혀지

면서 점점 어둠이 짙어져 가리라.

그러던 어느 날, 내가 장기 투숙하던 숙소에 온 신참 하나가 내 노트북에 담긴 사진들을 한참 보더니 제법 해맑은 표정을 지어 보이며 내게 묻는다.

"프라하의 밤은 이렇게 푸른 것이 전부인가요?"

나는 대답하지 못했다. 서유럽 여행 때도 그랬고, 이곳 프라하에서도 줄곧 암흑이 오는 시간까지 밖에 있어 보지 못했던 것이다.

벙어리가 된 나는 다음 날, 그 친구와 함께 프라하에 어둠이 내리는 것을 지켜보기로 했다.

해가 지자 짙은 쪽빛을 넘어 칠흑 같은 어둠이 내렸다. 도시는 보드라운 이불처럼 어둠을 덮고 알록달록한 유리병에 든 사탕처럼 달콤한 빛을 내며 꿈들을 피워 내고 있었다. 이곳에 와서야 비로소 나는 여름밤을 즐기는 법을 알게 되었다. 그렇게 나의 귀가 시간은 조금씩 늦춰지기 시작했다.

모르는 사람은 모르고, 아는 사람은 다 아는, '프라하의 봄?' 아니 '프라하의 밤'.

자정부터 새벽 4시 30분까지 운영하는 야간 통합 교통 시스템에 힘입은 것일까? 유럽의 다른 여느 도시들보다도 꽤나 유쾌한 밤 문화를 자랑하는, 보헤미안뿐만 아니라 세계인들이 함께 즐기는 프라하의 밤.

밤이라는 녀석과 맞대면한 김에 나는 고향에서도 즐기지 않던 클럽에 가 보았다. 클럽 중 단연 인기 있는 곳은 카를 교 근처에 있는 나이트클럽으로 무려 5층짜리 클럽 되시겠다. 각 층마다 다양한 장르의 음악이 나오니 취향에 따라 들어가면 되는데 어찌 된 게 들어가 보면 연령층이 자연스럽게 나누어진 것을 알 수 있다. 물과 기름도 아닌데 동서양을 막론하고 제 조년월은 못 속이는 법인가 보다.

어쩌다 나이트클럽에 끌려가게 되도, 우리나라 클럽은 춤 잘 추는 이들의 경연장 같아서 잔뜩 주눅만 들어 열심히 술만 마시던 나였는데 이곳에서는 조금 신이 났던 것 같다. 밀리터리 티셔츠가 흥건히 젖도록 기이한 팝핀을 선보이며 자아도취에 빠진 금발의 아가씨에서부터 터지기 직전의 스키니 차림으로 흡사 발레리노처럼 거대한 동작을 선보이며 스테이지를 질주하는 까까머리 총각까지, 도무지 장르를 알 수 없는 다양한 춤사위들이 자유롭게 표출되고 있는 데 힘입었다고나 할까?
보여 주기 위한 춤을 추는 곳이 아니라 즐기기 위한 몸짓이 담긴, 즐거운 한판이 벌어지는 곳.

자유로운 영혼을 위한 충전소, 보헤미아……!

p.m. 11:25_ It's me

검은 머리칼과 눈동자, 노란(?) 피부색으로 극명히 이방인임을 드러내고 있는 나에게 사람들이 길을 묻기 시작했다.

공원에 가면 눈인사를 나누는 이웃들이 생겼고, 단골 레스토랑의 파트타임 웨이트리스의 근무 시간을 기억하게 되었다.

좋아하는 거리 악사가 생겼고, 자주 가는 과일 가게의 중국인 주인과 통성명을 하였으며, 도시 곳곳에 있는 공원마다 즐겨 앉는 벤치가 생겼다.

관광객들에게 이런저런 명목으로 바가지 요금을 씌우는 것으로 악명을 떨치던 가이드 북 속의 유명 레스토랑 종업원들조차 더 이상 엉터리 영수증을 들이밀지 않았다.

그렇게 떠날 시간은 다가왔다. 마지막 밤이 레테의 강처럼 흐른다.

기억 속 정성스레 포장해 둔 추억이라 할지라도 흐르는 시간 앞에서는 눈송이처럼 사르르 잊히기 마련이기에 밤이 깊도록 자리를 지킨다.

지나온 날들이 오래된 고물 환등기 화면처럼 뒤죽박죽 뒤섞인 채로 한 장씩 한 장씩 느리게 지나간다.

난생 처음 맛보는 말인 양, '프라하'를 중얼거려 본다.

레테의 강 저 너머에서도 여전히 존재할,

낮달을 닮은 작고 아름다운 도시,

눈물 대신 피식 웃어 보일 수 있어 나는 퍽 행복하다.

ONE. FINE. DAY. IN.
프라하